La traversata

Editrice Il Castoro è socia di IBBY Italia
IBBY ITALIA
Leggere per crescere liberi

Francesco D'Adamo
La traversata

viale Andrea Doria 7, 20124 Milano
www.editriceilcastoro.it
info@editriceilcastoro.it

Seconda ristampa

ISBN 978-88-6966-709-1

Francesco D'Adamo

La traversata

il castoro

Capitolo uno

Quella notte Ezechiele si svegliò sentendosi strano e agitato come se ci fosse stato un pericolo o avesse fatto un brutto sogno.

Ma pericoli non ce n'erano: era a casa sua, a Scuglizzi, un piccolo borgo dove tutti si conoscevano e dove la sera potevi ancora lasciare la porta aperta, non c'era bisogno di catenacci, allarmi e diavolerie come per chi viveva in una grande città. Fuori sentiva il rumore del mare che l'aveva accompagnato per tutta la vita perché era sempre stato un pescatore.

E neppure aveva fatto un brutto sogno.

Ezechiele era molto vecchio e ormai da anni faceva sempre lo stesso sogno: correva con la sua moto Guzzi rossa nel fresco della notte, lungo una strada tutta curve che costeggiava la scogliera, e si divertiva come quando, da ragazzo, si era comprato quella moto usata dal farmacista di Montescuro, un paese arroccato in cima alla montagna, pagandola un tanto al mese perché non aveva il becco di un quattrino.

Poi ogni notte, a un certo punto del sogno, non era più sulla moto e invece arrivava Caterina, sua moglie, che lo aveva lasciato solo quattro anni prima, dopo una breve malattia.

Nel sogno Caterina non era la giovane e bella ragazza che lui aveva conosciuto alla sagra di Santa Rosalia, quella che aveva portato a fare un giro con la moto rossa in una notte che in cielo c'erano un milione di stelle. No, era come lui la ricordava nei suoi ultimi giorni di vita, una vecchina coi capelli neri appena spruzzati di bianco e una ragnatela di rughe attorno agli occhi, e la ricordava così perché lui l'aveva amata fino all'ultimo.

Nel sogno Caterina gli stringeva appena appena un braccio e gli diceva: «Alzati, Ezechiele», proprio come aveva fatto da viva per quasi cinquant'anni.

Allora Ezechiele si svegliava.

Era quell'ora strana che non è più notte e ancora non è giorno, in cui la linea scura del mare e quella del cielo sono confuse e non si sono ancora divise, ma l'alba sta per arrivare e gli uccelli marini la sentono e cominciano a volare in tondo e a gridare. Ezechiele si era alzato a quell'ora per tutta la vita perché è l'ora in cui i pescatori mettono le barche in mare chiamandosi nel buio da una prua all'altra e forse è anche l'ora in cui si svegliano i pesci, ammesso che i pesci dormano cullati dalle onde.

Anche adesso che era vecchio e non andava più a pescare, Ezechiele aveva mantenuto quell'abitudine.

Quella notte si mise seduto sul letto e cercò le pantofole nel buio.

Ecco perché si sentiva agitato: aveva l'impressione che Caterina lo avesse svegliato prima del solito e questa era davvero una cosa strana perché non era mai successa in cinquant'anni. Caterina non si era mai sbagliata.

Si alzò, andò in cucina, accese la luce e cominciò a prepararsi un caffè forte e nero, quello che gli aveva sempre preparato la moglie e che adesso aveva imparato a farsi da sé. In cucina c'era una grossa e rumorosa sveglia appoggiata sulla credenza. La guardò. Era successo davvero: Caterina lo aveva svegliato con più di mezz'ora di anticipo.

Ezechiele bevve il caffè, molto zuccherato come piaceva a lui, seduto al vecchio tavolo col ripiano di marmo.

Cosa voleva dire quella cosa? Non poteva essere un caso.

La casa di Ezechiele era affacciata sulla spiaggia del paese, c'era sempre un po' di sabbia sui pavimenti. A lui la sabbia non dispiaceva e nemmeno la salsedine che gonfiava il legno di porte e finestre. Caterina, invece, quando c'era continuava a pulire.

Si sentiva forte il rombo del mare, che aveva cominciato a crescere la sera prima e durante la notte si era ingrossato ancora, sotto la spinta del vento che fischiava. Adesso era tempesta. I pescherecci non sarebbero potuti uscire quella mattina e allora gli uomini avrebbero trascorso la giornata a casa, con l'aria smarrita e le mani grosse che hanno i pescatori in questi casi.

Ezechiele finì il caffè, si vestì, indossò la cerata e si affacciò sulla porta.

Era davvero troppo presto: perfino la luce del Bar del Porto era ancora spenta.

Il Bar del Porto era il primo ad aprire per permettere ai pescatori di bere qualcosa di caldo e forte e di scambiarsi chiacchiere e notizie prima di prendere il mare. Era l'unica luce accesa in tutto il paese, a quell'ora impossibile, come un faro che guidava nel buio gli uomini che uscivano dalle loro case con addosso la cerata impermeabile e il berretto di lana e seguendo le strade strette si avviavano alla rimessa delle barche.

Ezechiele era sempre più inquieto. Se Caterina lo aveva svegliato in anticipo voleva dire che era successo qualcosa.

Uscì di fretta.

Le onde lunghe arrivavano a coprire quasi tutta la spiaggia fino alle rimesse, dov'erano stivate le barche più piccole, e poi i gommoni e le canoe destinate ai turisti che avrebbero cominciato ad arrivare da lì a pochi giorni.

Era giugno ma l'aria era ancora fresca, Ezechiele si strinse nella cerata, sentiva la schiuma delle onde che gli si arrotolava attorno ai piedi.

Nel vicino porto nonostante il buio si intravedevano le cime degli alberi dei pescherecci ormeggiati che ondeggiavano violentemente e sbattevano, e si sentivano le gomene fischiare tese nel vento. C'era anche l'*Esmeralda* là in mezzo, il suo peschereccio, un guscio che era riuscito a comperare dopo tanti sacrifici, col quale era andato a pesca per quarant'anni e che adesso non usava più, solo qualche piccola gita ogni tanto, perché era troppo vecchio per viaggiare per mare.

No, quel giorno non sarebbe uscito nessuno, troppo pericoloso.

Il primo raggio di luce saettò sul confine tra cielo e mare e quasi nello stesso istante si accesero le lampade del Bar del Porto. Il mare era una pozza nera striata dal bianco della schiuma.

Non si vedeva ancora nulla.

Ezechiele si concentrò. Qualcosa non andava.

Un rumore. Tra il frangersi delle onde, lo schioccare delle gomene delle barche ormeggiate e lo strepito dei gabbiani c'era qualcos'altro.

Gridavano.

Li si poteva sentire tra una raffica e l'altra del vento.

Ascoltò meglio.

C'era qualcuno in mare e gridava. Sembravano in molti.

Ezechiele corse verso le rimesse, dove erano riposti i grandi fanali che venivano usati nei casi di emergenza, ne trovò uno, lo accese, lo fece ruotare a fatica sulla sua base e lo puntò verso il mare, spazzò la superficie col raggio di luce cercando di vedere qualcosa.

Solo le onde nere e la schiuma.

Forse se l'era immaginato.

In effetti il vento era troppo forte per permettere di sentire qualcosa e i gabbiani giravano in cerchio strillando senza tregua.

Ma se Caterina lo aveva svegliato in anticipo un motivo doveva esserci, si ripeteva.

La luce all'orizzonte avanzava come aveva sempre fatto dai tempi della creazione. Era gialla e arancione.

Ci fu un attimo di calma di vento.

Gridavano, questa volta era sicuro.

Puntò il faro sulla scogliera frangiflutti che chiudeva una parte della baia e là c'era qualcosa. Sembrava un barcone, nero contro nero non lo si distingueva bene, e sul barcone c'erano degli uomini. Sciabolò di nuovo il faro, li vide che agitavano le mani e facevano segni disperati.

Forse si erano arenati, forse erano andati a sbattere contro gli scogli e minacciavano di affondare. La scogliera era a venti... trenta metri dalla riva. Una fesseria. Ma non con quel mare. E quelli a bordo forse non sapevano nuotare. E comunque erano in preda al panico.

Ezechiele risalì la spiaggia sentendo la sabbia che gli scivolava sotto i piedi, cercò di camminare il più in fretta possibile – brutto essere vecchi, diventi lento come una lumaca. Girò attorno alle rimesse, tornò sulla strada, corse col cuore che gli batteva a mille, si inoltrò sullo sperone di roccia che chiudeva la baia dal lato opposto del porto. Qui c'era la grande campana di bronzo che da sempre aveva lanciato segnali a chi era in mare e dato l'allarme a chi era a terra.

Afferrò il pesante batacchio.

La luce correva sul mare.

SDLENG!

SDLENG!!

Ezechiele picchiava col batacchio sul bronzo della campana.

Svegliatevi, accidenti, svegliatevi!

Si accesero le prime luci nelle case, qualche finestra si aprì.

Che succede?

SDLENG!

SDLENG!!

Sbrigatevi!

Arrivarono i primi uomini di corsa.

"Là", fece segno Ezechiele.

Il sole dell'alba proruppe dal buio delle tenebre, puntò un dito e andò a illuminare i naufraghi. Adesso li potevano vedere.

Era un barcone, in effetti, un ammasso di legno che si era schiantato sulla scogliera e minacciava di affondare da un momento all'altro sotto i colpi delle onde. A bordo c'erano degli uomini. Avevano la faccia scura che si confondeva con le chiazze di buio che ancora coprivano il mare.

Sulla spiaggia si era radunato un gruppo di persone, qualcuno faceva segno a quelli del barcone: "Saltate giù". Se rimanevano là le onde li avrebbero schiacciati sulle rocce, se invece saltavano in acqua erano venti metri, anche con quel mare...

Ma quelli non si muovevano e continuavano a gridare.

Il barcone oscillava a ogni onda.

«Dobbiamo andare noi», disse Ezechiele.

Capitolo due

Non c'era nemmeno il tempo di provare a mettere in mare una barca, a ogni ondata il barcone incastrato sugli scogli si disfaceva sotto la furia del mare, pochi minuti e sarebbe affondato.

«Facciamo catena», dissero gli uomini sulla spiaggia, «non c'è altro modo».

«È troppo grosso.»

«Proviamo.»

I più giovani entrarono in mare, si presero per mano e formarono una catena umana, cercando di resistere alle onde che li sommergevano e li sballottavano da una parte e dall'altra. Così fecero passare un canapo di quelli grossi, che si impregnò subito d'acqua e diventò pesante. Lo trascinarono fin dove era possibile.

L'ultimo tratto per portare il canapo fino al barcone

lo fecero a nuoto i fratelli Giarresi che erano campioni di pallanuoto, un anno avevano giocato in serie B, e che in acqua erano nel loro elemento naturale – qualcuno diceva che erano creature anfibie che appartenevano più al mare che alla terra.

Ezechiele li guardava dalla riva e si sentiva vecchio e inutile.

Ormai si era svegliato tutto il paese e una piccola folla si era radunata all'inizio del molo per assistere al salvataggio. La luce del giorno cresceva ma c'erano ancora zone d'ombra e ogni tanto i due fratelli scomparivano alla vista, sommersi dalle onde e dalle tenebre. Non ce la potevano fare, era troppo anche per loro.

Poi Sante Giarresi si aggrappò al bordo del barcone incagliato, che si inclinò pericolosamente, e cercò di legare il canapo alla prua. Gli scogli neri e taglienti erano là, bastava un'ondata, un attimo di distrazione.

Arrivò anche Salvo, il fratello maggiore. Il canapo impregnato d'acqua saltava e sbatteva come una frusta.

«Ce l'hanno fatta?», chiedeva qualcuno a riva.

«Non si vede.»

Allora Sante fece segno ai ragazzi che formavano la catena umana di tornare a riva e di fissare il canapo.

Gli uomini a bordo del barcone guardarono il canapo con gli occhi sbarrati, guardarono le onde che arrivavano dal largo e che sembravano sempre più alte e il fondo del barcone che si andava disfacendo sotto la furia del mare. Poi i due più coraggiosi, o più disperati, si aggrapparono alla grossa fune e saltarono in mare. Furono subito sommersi, bevvero, tornarono su sputando acqua e paura, cominciarono ad avanzare verso la riva seguendo la corda.

Quella non è gente di mare, pensò Ezechiele, *nessuno di loro sa nuotare.*

Poi saltarono in mare anche gli altri, a uno a uno, e adesso una lunga fila di uomini aggrappati con tutte le loro forze a quel canapo avanzava lentamente verso la spiaggia.

Svelti! Svelti!

Tutti entrarono in acqua fino alla cintola per aiutarli a uscire, e mentre i primi naufraghi si lasciavano cadere esausti sulla sabbia boccheggiando e cercando aria, si sentì il rumore del legno che si spezzava – lo si sentì al di sopra del frastuono delle onde. Il barcone si schiantò sugli scogli e si videro le assi del fasciame che volavano in aria finché poi il mare se le portò via.

Hanno fatto in tempo a scendere tutti?, si chiese Ezechiele. *C'era ancora qualcuno a bordo?*

Chi poteva saperlo?

Uno alla volta, altri naufraghi raggiunsero la riva, ormai c'erano una trentina di corpi distesi a prendere fiato sulla spiaggia. Infine uscirono dall'acqua anche i fratelli Giarresi e avevano sulle facce i segni della fatica.

Il sole forò definitivamente le tenebre e i ragazzi che avevano partecipato al salvataggio si tolsero le magliette e le strizzarono. Le donne portarono asciugamani.

Il canapo, che si era sganciato dal barcone, frustò l'acqua sibilando come un serpente marino, poi le onde se lo portarono via.

Nessuno aveva voglia di parlare. Rimasero tutti in silenzio a sentire i primi raggi di sole che scaldavano la pelle.

Poi uno dei naufraghi, con gli abiti impregnati di acqua e sabbia, si alzò faticosamente, incerto sulle gambe, e si guardò attorno con sgomento. Nel viso scuro spiccavano gli occhi, mai fermi.

Guardò gli uomini che ancora si stavano asciugando, guardò le donne affacciate sul molo, le case del paese e gli alberi delle barche che ondeggiavano nel porto e quel sole e quel mare che non conosceva, raccolse un fagotto che era riuscito in qualche modo a portare con sé e se lo strinse al petto come se fosse stato un tesoro.

Andò a scuotere gli altri, a uno a uno, facendogli segno: "Alzatevi! Alzatevi!", e quelli si alzarono barcollando, raccolsero a loro volta i fagotti che erano sfuggiti alla furia del mare e si avviarono tutti di corsa verso la parte opposta della spiaggia.

«Dove andate?», gridò Ezechiele. «Fermatevi! Non dovete avere paura!»

Ma ormai avevano già raggiunto il fondo della spiaggia, scavalcato le dune scivolando sulla sabbia, e presa la strada. Da là in poi era campagna e chissà dove sarebbero finiti.

Se ne andarono così, senza dire né ai né bai, senza nemmeno dire grazie.

Un po' alla volta tutti tornarono alle loro case.

Ezechiele rimase sulla spiaggia. Di quella tragedia non restava niente, il mare si era preso tutto. C'erano solo dei segni sulla sabbia che il vento forte avrebbe cancellato in poco tempo e quattro povere cose che i naufraghi avevano abbandonato nella fretta di scappare.

Un paio di ciabatte infradito.

Una maglietta taroccata col nome di uno stilista italiano che vista là faceva uno strano effetto.

Una scatola di medicine che anche Ezechiele aveva dovuto prendere una volta, riconobbe il nome anche se tutto il resto era scritto con quei caratteri incomprensibili che usano in quei paesi là, dall'altra parte del mare. L'uomo che l'aveva persa soffriva anche lui di una fastidiosa infiammazione, e questo glielo fece sentire vicino e si chiese come avrebbe fatto adesso che non aveva più le pillole. Chissà come avrebbe sofferto.

E poi c'era uno zainetto, piccolo, tutto colorato con le immagini dei personaggi di un cartone della Disney, come si chiamava?

Doveva essere di un bambino, per forza.

Ma c'era anche un bambino nel gruppo che era riuscito a raggiungere la riva?

Non riusciva a ricordarselo, tutto era successo così in fretta.

Ezechiele raccolse lo zainetto e se ne tornò a casa anche lui. Si sentiva stanco anche se in realtà non aveva fatto niente.

Capitolo tre

Ezechiele non aveva studiato molto, *sono un ignorante* diceva di sé, ma ci teneva a essere informato. Guardava la Tv e almeno un paio di giorni alla settimana leggeva il giornale al Bar del Porto mentre beveva il secondo caffè della mattina.

Si metteva gli occhiali – ci vedeva ancora benissimo da lontano ma quei caratteri stampati così piccoli erano diventati un problema e si era dovuto rassegnare –, cominciava dalle notizie sportive e poi passava al resto, guardava i titoli e le fotografie, leggeva qualche articolo sforzandosi di capire, anche se non sempre ci riusciva.

Per cui sapeva bene chi erano gli uomini del barcone: migranti che cercavano di entrare in Italia arrivando dall'Africa e che spesso venivano abbandonati in mare. Li facevano vedere in Tv tutte le sere, le facce sembravano sempre le stesse ma erano sempre persone diverse. C'erano anche donne e bambini.

C'era un bambino sulla spiaggia? Sforzati di ricordare...

Anche senza leggere i giornali, le storie dei barconi abbandonati alla deriva nel Mediterraneo e dei gommoni semiaffondati che aspettavano i soccorsi tra le onde le conosceva qualunque pescatore. E i pescatori sapevano anche altre storie, ma la pietà e il pudore gli impedivano di raccontarle.

Ezechiele non aveva mai capito se arrivare in Italia in quel modo fosse legale o no. Se ne dicevano tante. *Ma quando scappi dalla fame*, pensava lui, *mica stai a fare tanto il sofistico.*

Ezechiele lo sapeva bene perché anche lui era emigrato: a fare il pescatore si guadagnava poco, altro lavoro non ce n'era e allora lui e Caterina, giovani e sposati da un anno, dopo tante discussioni fatte la sera attorno al tavolo col piano di marmo della cucina, avevano deciso di comune accordo di tentare la fortuna al Nord perché volevano un figlio e volevano che avesse una vita migliore della loro.

Avevano preso il treno carichi di valigie e fagotti e avevano fatto un viaggio che sembrava non finire mai – su su, quant'era lunga l'Italia! –, era la prima volta che si muovevano dal paese, ed erano arrivati a Milano morti di sonno e col sedere quadro, con rispetto parlando. Là c'erano già dei paesani arrivati prima di loro che li avevano aiutati e avevano trovato lavoro a Ezechiele in una fabbrica – "stipendio sicuro", gli dicevano, "e non rischi più la vita in mare ogni giorno".

Se aveva il primo turno, anche per andare in fabbrica Ezechiele si doveva alzare a quell'ora che non è più notte e ancora non è giorno, come i pescatori, e Caterina gli preparava una gamella col pranzo, la pastasciutta che sarebbe diventata fredda nello scomparto di sopra, il secondo con la verdura e il pane in quello di sotto. Prendeva il tram attraverso la nebbia, guardava sfilare la città e i lampioni e tutte quelle case. La fabbrica era in un quartiere che si chiamava Lambrate, dove di fabbriche ce n'erano tante e contro il cielo bigio c'erano centinaia di operai come lui, migliaia forse, che varcavano i cancelli prima che suonasse la sirena perché se entravi dopo ti facevano la multa.

Lo stipendio era sicuro, vero, ma mancava qualcosa. Il mare, il sole, certo, e qualcos'altro che non riuscivano bene a dire. Al paese erano stati felici, là non lo erano.

Aspettarono quel qualcosa per due anni e poi decisero di comune accordo che non era vita per loro. La nostalgia, la delusione, tante cose.

Così avevano ripreso il treno in senso opposto – giù giù, quant'è lunga l'Italia –, erano tornati a Scuglizzi ed Ezechiele aveva ricominciato a fare il pescatore. Là era nato loro figlio Vincenzo e poco alla volta le cose erano andate meglio.

Ezechiele aveva comprato la sua barca, l'aveva dipinta tutta di azzurro come il mare con una grande striscia verde smeraldo che girava tutta attorno e l'aveva chiamata *Esmeralda*...

Per questo motivo, quando vedeva quegli uomini e quelle donne sui barconi, provava una gran pena e li capiva. Non gli sembravano nemmeno tanto diversi da lui, erano neri, è vero, ma anche lui aveva la pelle scura e bruciata dal sole come tutti i pescatori. E poi cosa c'entra? La fame non ha colore.

Vent'anni dopo anche suo figlio Vincenzo era emigrato, perché certe cose – porca miseria – sembra che non cambino mai.

Vincenzo aveva studiato, si era diplomato, con grande orgoglio di Ezechiele e Caterina che lo raccontavano a tutti, ed era andato a cercare lavoro in un posto ancora più lontano di Milano, un paese estero che si chiamava Svizzero...

Svizzera, papà, si dice Svizzera.

Che ne so io, sono un ignorante...

… e aveva compiuto un viaggio ancora più lungo di quello che avevano fatto lui e Caterina.

Sai Caterina quanto si era disperata.

Per qualche anno si erano illusi che Vincenzo sarebbe tornato a casa.

Invece Vincenzo in Svizzera c'era rimasto a vivere. Aveva trovato un buon lavoro, aveva sposato una ragazza di là, tutta bionda e paffuta, ed era nato Tonino, tesoro di nonna, luce degli occhi suoi.

Ezechiele avrebbe voluto averlo là, Tonino, al paese, avrebbe voluto portarlo con sé in barca, insegnargli a nuotare, a conoscere il mare – come cambia colore, come si increspa quando si alza la brezza –, fargli imparare il nome degli uccelli e dei venti e come si preparano le esche, fargli suonare la sirena dell'*Esmeralda* se si alzava un banco di nebbia.

Avrebbe voluto insegnargli la legge del mare, una legge molto semplice che dice che in mare si aiuta sempre chi è in pericolo, perché in mare siamo tutti uguali.

A Ezechiele sembrava una buona legge che avrebbe dovuto valere anche sulla terraferma.

Ma non aveva mai potuto farle queste cose perché la Svizzera era troppo lontana e gli anni erano passati così alla svelta da non credere.

Ormai suo nipote Tonino era un uomo fatto.

Ezechiele si immalinconì, gli venne un brivido di freddo, forse aveva preso troppo vento sulla spiaggia. Pensò di andare al Bar del Porto per stare in compagnia, ma non aveva voglia di parlare di quello che era successo. Preferì rimanere a casa e prepararsi un altro caffè con l'aggiunta di uno schizzo di anice.

In realtà non aveva voglia neanche di quello.

Lo bevve ugualmente.

Lo zainetto era in un angolo della cucina e aveva formato una piccola pozza d'acqua sul pavimento. I disegni che lo decoravano erano un po' sbiaditi.

Nemo! Ecco come si chiamava il cartone.

Era la storia di un pesce, no?

Aveva quel pensiero che non riusciva a togliersi dalla testa: c'era o no un bambino che era riuscito ad arrivare a riva e poi era scappato con gli altri?

C'era o no?

A lui sembrava di ricordarlo, gli sembrava di aver visto un bambino nel gruppo che scappava su per le dune, ma non era sicuro sicuro.

Concentrati, Ezechiele. È importante. D'accordo, non hai più la memoria di una volta ma non sei nemmeno rimbambito. Come fai a non ricordartene?

C'era una grande confusione, eravamo tutti agitati.

Va bene, ma sforzati, Ezechiele.

Perché se il bambino non era tra quelli che erano riusciti ad arrivare a riva, allora…

Capitolo quattro

«Chiedi alle comari», gli disse quella notte Caterina nel sogno, «le comari di questo paese sanno sempre tutto dei fatti degli altri. Erano sul molo, se c'era il bambino l'hanno visto di sicuro».

Come aveva fatto a non pensarci!

Appena fu chiaro prese il suo solito caffè e poi si mise in giro per vicoli e stradine, chiese di qua, chiese di là.

Un bambino? Sì che c'era un bambino, povera creatura, l'avevano tirato fuori tutto zuppo, come aveva fatto Ezechiele a non vederlo?

Che tempi sono che una creatura deve rischiare così la vita.

Era solo?

E che ne sappiamo? Ma una creatura mica va in giro per il mondo da sola.

«Quando scappò c'era un uomo che lo teneva per mano», disse una comare da un balcone fiorito.

«Sicura?»

«Con i miei occhi l'ho visto.»

Ezechiele tornò a casa rasserenato: il bambino era salvo.

Certo, adesso chissà dov'era, chissà che cosa lo aspettava, quella gente aveva vita grama, lo sapeva.

Chissà dove dormiva, chissà se aveva da mangiare.

Un bambino non può vivere così, ha bisogno di una casa, di andare a scuola.

E quell'uomo che era con lui chi sarà stato? Il padre, un fratello più grande o solo uno che in quel momento lo aveva aiutato a fuggire? Avrebbe continuato a prendersi cura di lui? Perché magari il padre o il fratello con cui aveva fatto tutto il viaggio era uno di quelli che a riva non c'erano arrivati e...

Come faceva a saperlo?

E poi lui cosa poteva farci?

Niente.

Ezechiele cercò qualcosa da fare per tenersi occupato ma il tempo sembrava non passare mai. A pranzo si preparò una frisella con pomodoro e origano.

Uuuuuhhhh, i pranzetti che gli cucinava Caterina.

La pasta con le sarde!

Gli venne l'acquolina in bocca.

Lui tra i fornelli proprio non ci sapeva stare.

Fece una passeggiata fino alla spiaggia, le onde e il vento avevano cancellato le tracce di quello che era successo il giorno prima, anche il barcone non c'era più, i flutti avevano trascinato il relitto chissà dove.

Rimase a prendere il sole e a guardare il mare che si andava calmando, il giorno dopo sarebbe stato piatto e azzurro e verde e l'aria così limpida e trasparente e pulita, dopo la burrasca, che si sarebbe intravista dall'altra parte del mare la costa dell'Africa.

Non erano poi così lontani quei paesi strani, anzi erano così vicini che quando soffiava scirocco arrivava la sabbia rossa e fina del deserto e te la trovavi sul davanzale della finestra, in camera da letto, dappertutto.

Ezechiele in tutti quegli anni passati per mare non era mai arrivato fino alle coste dell'Africa, però ci si era molto avvicinato. Aveva pescato in tutto il canale di Sicilia restando in mare per giorni, mangiando polpi e gallette, era arrivato alle isole, ma la traversata non l'aveva mai fatta.

Tornò a casa, si sedette al tavolo della cucina, prese lo zainetto ancora umido, lo aprì con delicatezza, impacciato con quelle sue manacce tutte segnate da cinquant'anni di lavoro e pensò: *Che diritto ho di farlo?*

Si sentiva un ficcanaso.

Ma aveva bisogno di sapere qualcosa sul bambino, aveva voglia di conoscerlo un po'.

Calzettoni di lana infeltriti dall'acqua, mutandine, un pacchetto di biscotti della stessa marca che aveva comperato a Tonino quand'era venuto a trovarli tanti anni prima, una maglietta, un astuccio con le matite colorate, il temperamatite, due penne biro, un quaderno con le pagine appiccicate.

Ezechiele lo aprì facendo attenzione a non strapparle, erano tutte scritte fitte fitte con quegli strani segni dell'alfabeto che usano loro, che non si capisce nulla. Una volta qualcuno ben informato gli aveva spiegato che di là del mare leggono e scrivono all'incontrario di come facciamo noi, da destra a sinistra.

Uuuuuuhhhh, il mondo è bello perché è vario, pensò Ezechiele.

Intanto però non capiva nulla di quello che c'era scritto.

Invece i compiti di matematica si capivano benissimo perché i numeri sono uguali ai nostri: eccoli là, addizioni, sottrazioni, moltiplicazioni.

Ezechiele fece anche lui, mentalmente, le addizioni del quaderno: erano tutte giuste!

Lo sapevo!, pensò, *è un bravo bambino, che fa tutti i*

giorni i compiti di scuola, ci tiene, e anche in quel viaggio disperato li ha voluti portare con sé.

Dispose tutto sul tavolo in ordine.

Gli sarebbe piaciuto sapere il nome del bambino e di sicuro da qualche parte sulla copertina del quaderno il nome c'era, ma come faceva a riconoscerlo e a leggerlo?

In fondo allo zaino trovò una busta di plastica con dentro il piccolo tesoro che il bambino aveva portato con sé.

Ezechiele la aprì con le mani che gli tremavano dalla commozione.

Due mostri di plastica verde con strane armature arrivati da chissà quale mondo fantastico; la figurina di un famoso calciatore; un vecchio bottone d'osso; la piuma di un uccello venata di rosso; un coltellino; una bustina di fiammiferi umidi; tre conchiglie di quelle che si potevano raccogliere anche sulla spiaggia davanti a casa di Ezechiele – perché il mare è sempre uguale, su una sponda o sull'altra, no?; e poi quello che doveva essere il bene più prezioso: una boccia di vetro, di quelle che se la giri scende la neve fitta fitta, e dentro un pupazzo con in testa un vecchio cilindro e una carota al posto del naso.

Chi gli aveva fatto quel regalo? Forse un parente che era stato in Europa o…

La neve! Che meraviglia! Lui non doveva averla mai

vista, là dove viveva, ed Ezechiele se lo immaginò mentre scuoteva la boccia, guardava scendere i fiocchi e rideva, rideva.

Poi in una tasca interna dello zaino trovò una fotografia, protetta da una busta impermeabile. Si vedeva il bambino, ricciolino, con l'aria da furbo e, con lui, mamma e papà.

C'era il sole e sorridevano.

Quanti anni poteva avere? Dieci?

Dietro di loro si intravedeva un pezzo di spiaggia di ghiaia macchiata dalle alghe, il mare e, sullo sfondo, un promontorio con una forma strana, come il becco aguzzo di un uccello rapace. Sulla spiaggia becchettavano due gabbiani e da un lato c'era la cuccia in legno di un cane, ma senza il cane. In basso a sinistra nella foto spuntava un angolo di tavolo e sul tavolo era appoggiato un graticcio di legno. Non si vedeva bene ma Ezechiele era sicuro: stavano facendo seccare i fichi al sole.

Potrebbero averla scattata qua, pensò Ezechiele.

Girò la fotografia e c'era un messaggio scritto a matita sul retro.

Lui non poteva saperlo, ma era sicuro che fosse della madre del bambino, le ultime parole di una mamma al figlio che sta partendo e non sa quando lo rivedrà.

Per quanto tempo Ezechiele rimase a guardare quegli

oggetti e la foto e quelle righe in una lingua sconosciuta che non poteva leggere?

Venne buio, non accese nemmeno la luce e bevve un bicchiere di latte caldo prima di andare a dormire.

Il mare si era calmato dopo la burrasca del giorno prima, non si sentiva nemmeno il rumore delle onde, solo un lieve fruscio che lo cullava nel buio della cucina.

Non puoi farci niente, Ezechiele, nessuno può farci niente.

Sono cose più grandi di noi.

E poi tu sei un vecchio.

Ma lui sentiva di dover fare qualcosa.

Quella notte, dopo aver sognato la moto Guzzi rossa, Caterina non venne a trovarlo ed Ezechiele sapeva il perché: la decisione che doveva prendere riguardava solo lui.

Capitolo cinque

Il bambino si chiama Omar, disse Ezechiele a Caterina, *sì, Omar! Non è un bel nome?*

Come faccio a saperlo?

L'ho chiesto a Pippo.

Quel tunisino che vive qua da tanti anni e lavora sui battelli e ha sposato la figlia di comare Concetta, te lo ricordi? Lo chiamiamo Pippo perché il nome arabo non se lo ricorda nessuno.

L'ho visto questa mattina.

All'Osteria del Glicine, lui era là perché non può lavorare in questi giorni, si è fatto un brutto taglio a una mano.

Solo un bicchiere di bianco.

Non mi fa male! Non bevo mai, lo sai. Faceva caldo ed ero agitato.

Mi stai a sentire?

Ha trovato il nome sulla copertina del quaderno.
E poi mi ha tradotto quello che c'è dietro la fotografia.
Me lo sono scritto.
Dove ho messo il foglietto? Non lo trovo più.
Non è vero che perdo sempre tutto.
Eccolo qua.

Ezechiele prese dalla tasca posteriore dei calzoni un foglietto stropicciato e lo stirò col palmo della mano. Era seduto al tavolo col ripiano di marmo della cucina dove si erano svolte tutte le discussioni tra lui e Caterina in quei lunghi anni di matrimonio.

Uuuuuuuhhhh, quante decisioni importanti avevano preso seduti sulle sedie di paglia intrecciata, quanti problemi avevano affrontato, quante speranze e quante incertezze avevano condiviso. E anche qualche litigio, sì.

Ascolta. Un attimo che prendo gli occhiali. Ecco.

Figlio mio adorato,

non so dove arriverai, in che paese. Spero che in quel nuovo paese ti vogliono bene e vai a scuola. Tu fai sempre il bravo. Studia, lavora e torna presto, con l'aiuto di Dio. Se la sera sei triste e ti senti solo e perso guarda le stelle in cielo. Sono le stesse che vedrò io. E cantami una canzone. Io tutte le sere mi siedo davanti al mare e ti sentirò cantare. Sarà un po' come essere assieme, come accarezzarti i capelli.

Ti voglio bene. Ti aspetto.

La tua mamma

Vuole una canzone, hai capito?

Pippo mi ha spiegato anche dov'è quel promontorio che si vede nella foto. Lo chiamano il Becco dell'Avvoltoio. Basta andare di là e poi con un po' di fortuna…

Sì, ho deciso che vado a cercare la madre, non te l'avevo detto?

Certo che sono in grado di arrivare di là del mare, sono ancora in gamba, cosa credi?

Come sarebbe a dire?

In gambissima sono.

*Anche l'*Esmeralda, *sì.*

È come me, un po' malandata, d'accordo, ma anche lei sa come si fa ad andare per mare. Mica ce lo siamo dimenticato.

No che non finiremo ai pesci.

No che non mi piglio un accidente.

Tu fai sempre difficoltà.

Come sarebbe a dire che sono sempre stato testardo come un mulo con le zecche?

Io testardo?

Invece tu… quella volta che… e quell'altra…

Perché lo faccio?

Tu lo sai perché lo faccio, Caterina, perché me lo chiedi?

Lo sai anche tu.

Penso all'attesa di quella madre. Che si mette a guardare il mare al mattino proprio come lo guardo io, ma dall'altra parte. E aspetta. Intanto fa le cose, tiene in ordine la casa, spazza la sabbia dal pavimento della cucina come noi.

L'hanno fatto per tanti anni anche le nostre donne, ti ricordi, Caterina?

Vestite di nero ad aspettare mariti e figli che erano emigrati.

Pippo mi ha detto che sono matto e che non riuscirò mai a trovare la madre, che questa cosa non serve a niente, mi ha detto che chi si imbarca per quei viaggi ha il telefonino satellitare e per fortuna, perché così possono restare in contatto con le famiglie a casa, e allora l'avranno avvisata quella donna, le avranno telefonato e detto…

E se non hanno telefonato?

Se è là che si dispera?

Io vado a portarle lo zainetto e a dirle che Omar è arrivato sano e salvo.

Io sono vecchio e non servo a niente ma questa cosa almeno la posso fare.

Dovrebbero farla i giovani, dici?

Può darsi. Ma io questa cosa la sento, Caterì, è come

un dovere, è una cosa che mi morde dentro, che non c'ho dormito stanotte. E invece loro forse no, non la sentono così, ma che ne sappiamo, ognuno è fatto a modo suo.

E allora vado.

Sì che sto attento.

Sì che mi porto la cerata pesante. Le pillole per la pressione? Ma tanto non servono a niente, è quell'accidente di dottore che dice...

Sì, sì, ti prometto che le prendo, stai tranquilla, tu non ti devi preoccupare.

Vado e torno, che ci vuole. Sono uscito in mare tante altre volte, ti ricordi?

E tu mica ti preoccupavi così tanto.

Ora aiutami a preparare tutto quello che mi serve, lo sai che ogni tanto mi dimentico le cose. Solo ogni tanto però.

Il maglione pesante, per esempio, dov'è finito?

Quando fu scuro, Ezechiele si diresse verso il molo dove era ormeggiata l'*Esmeralda* portando con sé la vecchia sacca, stinta dal sole e dal mare, che lo aveva sempre accompagnato nelle battute di pesca. C'erano dentro la cerata pesante e il maglione, una forma di pane, l'esca per le sardine che avrebbe pescato e mangiato condite col succo dei limoni, mezza forma di formaggio, un cartoccio di olive verdi e dolci, una borraccia grande di acqua e anche quell'accidente di pillole per la pressione che non servivano a niente ma l'aveva promesso a Caterina.

La sera era tiepida e mite, profumata di zagare e gelsomini, il cielo un incanto di stelle e la luna piena grande e bianca illuminava alta le case di Scuglizzi e il mondo e la distesa del mare liscio e luccicante fino all'orizzonte lontano, appena increspato da qualche onda.

Ezechiele respirò a fondo e quella dolcezza gli entrò dentro.

Difficile immaginare una nottata più bella per navigare. Era una notte di pace.

Si avviò sul molo, l'*Esmeralda* dondolava appena sull'acqua cigolando all'ormeggio.

La guardò con l'emozione di sempre: era vecchia e bisognosa di cure ma lui l'aveva scrupolosamente mantenuta pronta a partire, con a bordo le dotazioni di emergenza, la riserva d'acqua potabile, le reti pulite e piegate nel pozzetto.

Salì a bordo, appoggiò la sacca e alla luce della luna vide che, seduto a prua con i pantaloni corti, la zazzera spettinata e le gambe penzoloni sull'acqua, c'era ad aspettarlo Tonino.

«Dove andiamo, nonno?», gli chiese.

«Di là del mare», gli rispose Ezechiele, «facciamo la traversata».

Capitolo sei

Le stelle trapuntavano la volta immensa del cielo e la luna d'argento era una meraviglia, così grande, così vicina che si vedevano i crateri e i segni sulla sua superficie e le pianure bianche e sassose. Che mistero!

Ezechiele non la vedeva così da tanto tempo e come ogni volta provava davanti a quello spettacolo un senso straordinario di pace e di sgomento nello stesso tempo. Il mare scintillava, acqua e cielo erano una sola cosa e l'*Esmeralda* scivolava sulle onde e sembrava che cantasse.

Per prima cosa aveva fatto fare il giro della barca a Tonino, gli aveva mostrato la piccola cabina dove c'erano il timone, la bussola e una cordicella che se la tiravi suonava la sirena, ma – guai! – si poteva farlo solo in caso di pericolo oppure per salutare un'altra imbarcazione che compariva in lontananza e veniva avanti piano piano perché in mare si va lentamente.

«Dai, nonno!», aveva supplicato Tonino. «Fammela suonare almeno una volta!»

E lui glielo aveva permesso perché a Tonino non sapeva dire di no.

Tuuuuuuuuhhh!

Tuuuuuuuuhhhhh!

Tonino era tutto contento.

E poi gli aveva fatto vedere il fumaiolo che sputava nella notte e la cuccetta sotto coperta dove avrebbe potuto riposare qualche ora quando fosse stato stanco, e il verricello salpareti che serviva a calare le reti per la pesca e l'ecoscandaglio.

Tutto era nuovo e magico e misterioso per Tonino, che su una barca non c'era mai stato e nemmeno conosceva il mare, povero figlio cresciuto in quel paese lontano, in Svizzero.

Si dice Svizzera, nonno!

Vabbè…

Tonino non la finiva più di fare domande, cos'è questo, cos'è quello.

Poi Ezechiele gli aveva spiegato che ci sono dei pericoli, che bisogna essere prudenti e stare attenti, gli aveva fatto vedere come si cammina su una barca, come si trova l'equilibrio, come si sta lontani dalle murate, come si evita di restare impigliati in corde e cavi.

Ma Tonino sembrava sapere già per istinto come muoversi, come bilanciare il corpo quando arrivava l'onda, e non aveva nessuna paura.

Tutto suo nonno!, aveva pensato Ezechiele con orgoglio.

Stavano completando il giro dell'*Esmeralda* quando il vecchio aveva sentito uno strano rumore provenire dal pozzetto dov'erano stivate le reti. Come un respiro pesante, un raspare, come l'agitarsi di un animale.

Impossibile.

Aveva sollevato la botola del pozzetto e là dentro, confuso in un groviglio di reti, peli e pulci, era nascosto Spaghetti, che subito guaì e cominciò ad agitare il mozzicone di coda nel tentativo di rendersi simpatico, perché sapeva benissimo di averla fatta grossa.

«Fuori!», gli intimò Ezechiele.

Spaghetti schizzò fuori e si precipitò tra le braccia spalancate di Tonino.

«Può restare, vero nonno? Vero che può venire con noi? Spaghetti è bravo, vedrai, non darà fastidio», strillò Tonino tutto d'un fiato.

Spaghetti era un ammasso indistinto di peli, uno di quei cani che non capisci mai qual è il davanti e qual è il didietro. Solo a guardarlo con attenzione alla fine si scopriva che da una parte c'era un grande naso umido e dall'altra un mozzicone di coda.

Era viziatissimo e inseparabile da Tonino.

Spaghetti era il nome che gli avevano dato Tonino e suo padre Vincenzo in ricordo della patria lontana.

«Certo che può venire con noi», lo aveva rassicurato Ezechiele, «ma devi badare a lui, una barca non è un posto adatto a un cane».

«Ci starò attento!», aveva promesso Tonino tutto contento. «Spaghetti ci sarà di sicuro di grande aiuto.»

Di aiuto? Quel sacco di pulci?

Bah.

Ma com'era bello vederli seduti a prua, mentre prendevano gli schizzi della corsa sul naso e guardavano quell'immensità tutto attorno a loro, quel mare e quel cielo che si confondevano in un unico tessuto di stelle.

A Ezechiele si allargava il cuore dalla gioia.

Ezechiele era una persona semplice ma non era uno sciocco: sapeva benissimo che non era possibile che con lui sull'*Esmeralda* ci fosse un Tonino di undici anni.

Suo nipote era ormai un signore di trent'anni, che lavorava per una compagnia di assicurazioni in una città che si chiamava Berna e che gli telefonava regolarmente per sapere come stava.

E anche Spaghetti non poteva essere là. Lui lo aveva conosciuto quella volta che con Caterina erano andati su fino in Svizzera a trovare figlio, nuora e nipote.

Si erano riempiti gli occhi di Tonino nei pochi giorni che erano rimasti prima di riprendere il treno e tornare a casa. Erano partiti tristi, per quel figlio che non sarebbe mai più tornato a Scuglizzi e soprattutto per quel nipote che avrebbero visto pochissimo e sarebbe cresciuto senza di loro.

Tonino all'epoca aveva dieci, undici anni e Spaghetti era un cucciolo incontenibile che dopo tutto quel tempo ora era certamente a scavare buche e a combinare guai nei giardini del Cielo. Adesso invece erano tutti e due là con lui.

Allora cos'era? Un'illusione? Un sogno?

A Ezechiele non importava: era successo quello che aveva desiderato per tutta la vita, avere suo nipote accanto a sé sulla barca, potergli insegnare le cose che sapeva.

Quel viaggio assieme era una rara occasione che gli veniva offerta, un regalo, e lui ne avrebbe approfittato, senza fare troppe domande.

Si mise al timone, fischiettò.

L'*Esmeralda* correva, la prua rivolta verso la costa dall'altra parte del mare.

Ah, l'Africa!

Gli avevano raccontato che c'erano il deserto di sabbia rossa e le palme e quei buffi animali con le gobbe che si chiamavano cammelli. Ezechiele aveva visto poco o nulla del mondo, giusto Milano e quel paese freddo dove era emigrato suo figlio.

E adesso avrebbe avuto la possibilità di vedere cose nuove e meravigliose. Quante ne avrebbe avute da raccontare a Caterina!

Si girò a guardare la linea di costa ormai lontana, soltanto un'ombra più scura nella notte, e le luci di Scuglizzi che scomparivano nel buio a poco a poco e alla fine si spensero del tutto. Adesso era mare aperto.

La traversata era cominciata.

Capitolo sette

Ezechiele scelse una piccola rete a strascico, la calò nella corrente e quando la ritirò, aiutato da Tonino e da Spaghetti che stava sempre in mezzo ai piedi convinto di essere indispensabile, era piena di pesci.

Rigettò in mare quelli troppo grossi per poter essere consumati a bordo, tenne le sardine, insegnò a Tonino come pulirle con un solo colpo di pollice, gettando via le interiora e sciacquandole in un secchio di acqua marina, poi le dispose a strati in un recipiente che teneva apposta a bordo, le condì con abbondante succo di limone e le lasciò cuocere nel liquido. Che profumo!

«È pronto!», annunciò Ezechiele mezz'ora dopo.

Mangiarono pane, acciughe e olive verdi, tranne Spaghetti che le olive non le poteva mangiare perché non sapeva sputare il nocciolo.

«Nonno, che cosa andiamo a fare di là del mare?», volle sapere Tonino.

Ezechiele si alzò e andò a prendere lo zainetto che aveva messo al riparo nella cabina di pilotaggio.

«Andiamo a riportarlo alla mamma di questo bambino», gli spiegò facendogli vedere la fotografia, «per farle sapere che da noi è arrivato sano e salvo».

Tonino aprì lo zainetto con curiosità, esaminò gli oggetti all'interno, agitò la palla con la neve, aprì il quaderno ancora umido e appiccicato, rise per quei buffi segni, poi guardò con attenzione la foto.

«Quanti anni ha questo bambino?»

«La tua età, credo, più o meno. Si chiama Omar.»

«E lui dov'è adesso?»

«Non lo so», disse Ezechiele. «Vedi, Omar è arrivato con una di quelle barche dall'Africa...»

«E ha fatto quel viaggio da solo?»

«È con suo padre, credo. Ma poi sono scappati. Sono soli in un paese straniero, non parlano la nostra lingua, non sanno dove andare. E c'è tanta gente che non li vuole e allora hanno avuto paura.»

Tonino ci pensò, aveva la faccia molto seria.

«Per questo dobbiamo riportare lo zainetto?»

«Sì, per far sapere alla sua mamma che è arrivato da noi sano e salvo», ripeté Ezechiele.

«Perché la sua mamma non è con lui?», chiese Tonino.

«È un viaggio lungo e pericoloso», spiegò Ezechiele. «In genere lo fanno soprattutto gli uomini.»

«E anche i bambini?»

«Sì.»

«Quando li vediamo in Tv papà dice sempre: "Povera gente, cosa devono fare".»

«Io credo che la mamma di Omar sarà contenta di avere queste cose», rispose Ezechiele, «ma prima dobbiamo trovarla. E tu mi devi aiutare. E anche Spaghetti. Lo zainetto tienilo tu, te lo affido. Non lasciarlo un attimo. È prezioso!».

«Prometto!», disse Tonino.

Spaghetti ululò per confermare che si poteva contare anche su di lui.

Ezechiele fece indossare a Tonino una vecchia giacca a vento che gli stava troppo grande perché, anche se la notte era splendida, l'umido e la guazza del mare si facevano sentire, e lo lasciò a scrutare l'orizzonte nel buio.

Mentre era nella cabina lo sentì gridare: «Nonno, vieni a vedere! Il mare luccica!».

Ezechiele si affacciò anche lui a prua.

La luna era così immensa, davanti a loro, che sembrava fossero diretti proprio là, come se l'*Esmeralda* all'improvviso fosse diventata una nave interstellare che viaggiava nelle profondità dello spazio.

Ezechiele pensò che forse sarebbero approdati in uno dei suoi crateri asciutti da milioni di anni e che l'*Esmeralda* sarebbe rimasta là, inclinata nella polvere eterna, col comignolo che non fumava più e le reti inutilmente sparse attorno. Lui, Tonino, Spaghetti, le patelle attaccate alla chiglia e un granchio che si era impigliato a poppa sarebbero stati i primi abitanti della luna.

Si riscosse da quella fantasticheria, Tonino aveva ragione: il mare attorno a loro era luminoso e fosforescente, luccicava, baluginava, cambiava colore, si poteva scrutare fino nel profondo degli abissi come per una magia.

C'erano i blu, i viola, i gialli, c'erano tutti i colori che si mescolavano, era come se si fossero accese di colpo le luci di Atlantide o di un'altra misteriosa città sommersa là sotto nel profondo. L'*Esmeralda* solcava quelle acque arcobaleno lasciandosi dietro una scia splendente.

«Guarda nonno», disse Tonino, «i pesci!».

I pesci salivano in superficie, a banchi, circondando la barca, e i pesci volanti cominciarono a saltare da una parte all'altra dell'imbarcazione compiendo degli archi perfetti sopra il ponte, e qualcuno faceva anche la capriola.

... *Ploff! Ploff!*... si sentiva ogni volta che ricadevano in acqua e Tonino batteva le mani per la meraviglia. Sembrava il circo.

Spaghetti invece li guardava perplesso chiedendosi se doveva provare ad acchiapparli.

Poi arrivarono i delfini, quattro, belli e maestosi come sanno essere solo loro, salutarono fischiando e si disposero a ventaglio davanti all'*Esmeralda* come per guidarla, saltando nell'acqua e mostrando le groppe argentate.

In tanti anni di mare Ezechiele una cosa così non l'aveva mai vista, sembrava quasi che li stessero scortando nel loro viaggio su quel mare magico e incantato.

Quando vide avvicinarsi anche gli uccelli marini non ebbe dubbi che fosse proprio così: per primi arrivarono i gabbiani gridando con le loro voci rauche. Erano spuntati dall'oscurità alle loro spalle, una nube bianca e grigia che poco alla volta si era ingrandita, aveva raggiunto il peschereccio e l'aveva circondato.

«E quelli chi sono, nonno?»

«I cormorani!»

Poi arrivarono le folaghe, le fregate, i pulcinella di mare e tutti gli altri.

Cosa ci facevano quegli uccelli tutti assieme in mezzo al mare? Ormai stavano navigando da ore, erano lontani dalla terraferma, ed Ezechiele sapeva che di solito non si spingevano fino in mare aperto, erano uccelli di costa. Eppure erano là.

I gabbiani continuarono a volare lasciandosi trasportare dal vento con le loro grandi ali, come vele nella corrente, mentre gli altri scesero sull'*Esmeralda* a prendere fiato. Si misero dappertutto, occuparono ogni angolo: sul ponte, sul tettuccio della cabina di guida, sulla ciminiera, sulle paratie, sulle funi, sui salvagente.

Una folaga cercò di appollaiarsi sulla testa di Spaghetti perché non c'era altro posto.

Lui ringhiò, ma lei non se ne dette per intesa.

Due cormorani si sbafarono quello che era rimasto nel piatto delle acciughe.

L'*Esmeralda* era tutta un brulicare di penne e becchi, un gridare, un fischiare, un chiocciare, uno starnazzare.

«Nonno», chiese Tonino, «cosa fanno?».

Ezechiele si tirò i baffi come faceva sempre quando era pensieroso.

«Non lo so», rispose poi, «ma credo che sappiano quello che andiamo a fare noi, e che vogliano aiutarci».

«Fanno parte anche loro della missione?»

«Credo proprio di sì.»

«Perché?»

«Perché gli animali del mare sanno quello che succede su quelle barche alla deriva. Vedono le stesse cose che vedono i marinai, anzi, molte di più. E sanno che è sbagliato. Ma tu adesso», aggiunse Ezechiele, «dovresti dormire un po'. Appena arriviamo...».

Ma Tonino aveva gli occhi pieni di stelle e del bianco della luna e di tutte quelle meraviglie che non aveva mai visto in vita sua e a dormire non ci pensava proprio.

Ezechiele raggiunse la cabina di pilotaggio facendosi largo a fatica in mezzo agli uccelli, controllò la rotta, provò a correggerla e si accorse che il timone era bloccato.

Provò di nuovo, niente da fare.

L'*Esmeralda* navigava da sola, scivolando nella corrente fosforescente del mare, accompagnata dal suo corteo di pesci e uccelli e magie.

Qualcuno – o qualcosa – la stava guidando.

Capitolo otto

Navigarono così per un paio d'ore e a un certo punto Tonino si addormentò sul ponte, usando Spaghetti come cuscino. Anche gli uccelli si quietarono, fecero silenzio e si misero a dormire, chi mettendo la testa sotto l'ala, chi in bilico su una zampa sola. L'*Esmeralda* continuò il suo viaggio, trascinata dalla forza misteriosa che la controllava, scivolando sul mare liscio sospeso tra le stelle e la luna. Nel silenzio adesso si poteva sentire lo sciabordio delle onde contro la chiglia del peschereccio e il cigolare delle sue vecchie assi di legno che scricchiolavano nel vento, un po' come facevano le ossa di Ezechiele quando c'era troppo umido.

Il vecchio pescatore non era preoccupato anche se non poteva governare la barca: pensava che quello che stava succedendo, pur ignorandone il motivo, fosse comunque una cosa buona. Sonnecchiò anche lui, con un occhio solo, e si risvegliò all'improvviso quando il vento gli portò il profumo secco e caldo della terra e un'impressione come di alberi e fronde.

Impossibile, pensò, *non possiamo essere già in vista della costa.*

Si portò a prua e scrutò l'orizzonte davanti a sé. Si trovò accanto Tonino che si strofinava gli occhi ancora lucidi di sonno.

«Guarda, nonno!», disse puntando il dito. «C'è un'isola!»

Non c'era nessuna isola su quella rotta tra la Sicilia e l'Africa, Ezechiele ne era ultra sicuro, non aveva nemmeno bisogno di consultare le carte. Che erano vecchiotte, d'accordo, ma le isole mica sorgono così, da un giorno all'altro.

Eppure quello che si intravedeva in lontananza nella luce lunare era indubbiamente un profilo di costa, che si stagliava basso e scuro contro l'orizzonte. La notte era così limpida e serena che non c'era possibilità di sbagliarsi. L'*Esmeralda* si dirigeva proprio là, ed era già tanto vicina che in poco più di mezz'ora ci sarebbero arrivati.

Ezechiele provò a riprendere il timone: era sempre bloccato.

Allora gli venne il sospetto che quella forza, che per un qualsiasi motivo a un certo punto aveva preso il controllo del peschereccio, potesse essere in realtà una forza malvagia – sciocco lui che si era cullato nell'illusione del contrario –, e che forse aveva invertito la rotta e li stava semplicemente riportando indietro, al punto da cui erano partiti. Magari qualcuno voleva che lui non portasse a termine la sua missione.

Per quale motivo?

Possibile che quella là davanti fosse la costa di Scuglizzi?

No, decise, l'avrebbe riconosciuta. La terra dove si stavano dirigendo era buia, non si vedevano luci di città e sembrava essere quasi piatta, proprio come un'isola.

Ma non c'erano isole in quel punto del Mediterraneo.

Ezechiele accese la radio, prese il microfono.

Avrebbe trovato qualcuno in grado di dargli una spiegazione.

Disse la sua sigla, la ripeté un paio di volte, ma si accorse subito che era inutile.

La radio era muta.

Tornò sul ponte. Anche gli uccelli si stavano svegliando, arruffando le piume. I delfini, sempre alla guida davanti alla prua, saltarono fuori dalle onde e fischiarono.

Siamo arrivati, pensò Ezechiele, *non so dove né chi ci aspetta, ma siamo arrivati.*

Mise il braccio attorno alle spalle di Tonino e rimasero a guardare l'isola che si ingrandiva e si avvicinava sempre di più. Adesso potevano scorgere la macchia scura delle foreste, il profilo delle scogliere e una grande baia argentata dalla luna.

Poi cominciarono a sentire il canto.

Andava e veniva col vento, ora sembrava più vicino, ora più lontano. Era un canto dolcissimo e malinconico, sembrava un rimpianto, sembrava che parlasse di cose antiche e mai dimenticate, quelle che ci portiamo dentro e non lo sappiamo, sembrava un pianto di bambini, sembravano voci di donne sole nell'oscurità della notte, sembrava che in quella melodia ti ci potevi perdere per sempre.

Impossibile!, pensò un'altra volta Ezechiele, ma ormai che cosa c'era di non impossibile in quel loro viaggio? Ebbe il sospetto che le sorprese non fossero ancora finite.

«Che cos'è, nonno?», chiese Tonino, che ascoltava incantato, e con lui Spaghetti e gli uccelli tutti che si erano radunati sulla tolda.

«Ascoltalo bene», gli disse Ezechiele, «perché non sono in molti ad averlo sentito. Tra noi marinai se ne parla come di un evento raro, come di un incanto che ti capita una volta nella vita. Ma questa è una notte di magie. Ascolta: questo è il canto delle sirene».

«Sul serio?», disse Tonino sgranando gli occhi.

«Così perlomeno credevano un tempo gli antichi», spiegò Ezechiele.

Non gli disse che secondo gli antichi le sirene, metà donna e metà uccello, ammaliavano i marinai con la loro melodia, li attiravano sulle scogliere da cui cantavano, li facevano naufragare e poi li divoravano. Avrebbe voluto raccontare a Tonino il viaggio di Ulisse come l'aveva sentito raccontare lui, tanti tanti anni prima, da un cantastorie, sulla piazza principale di Scuglizzi. Che impressione gli aveva fatto!

Era una storia bellissima e avventurosa che, gli avevano spiegato, era raccolta in un libro – anzi, un poema! – antichissimo. A Ezechiele sarebbe piaciuto leggerlo, un giorno o l'altro.

Ulisse era un marinaio greco – quindi ficcanaso e impiccione quasi quanto un marinaio siciliano – che, per poter ascoltare impunito il canto delle sirene, si era fatto legare all'albero maestro della nave dagli uomini del suo equipaggio e a loro aveva tappato le orecchie con la cera perché non cadessero vittime della malia.

«Remate!», aveva detto loro. «E guai a voi se mi slegate!»

Era furbo Ulisse.

Ma non c'era tempo.

Le luci del mare fosforescente si erano spente, i delfini si erano allontanati fischiando il loro saluto, tutti gli uccelli che li avevano accompagnati nel loro viaggio abbandonarono la nave, si alzarono in volo contemporaneamente, gridarono un'ultima volta e poi tornarono indietro nello scuro della notte verso la Sicilia, verso casa, come se avessero esaurito la loro missione.

L'*Esmeralda*, all'improvviso deserta e silenziosa, scivolò nella baia sbiancata dalla luna, nell'acqua immobile e trasparente, attirata dal canto che si alzava dalle scogliere buie che la chiudevano da una parte e dall'altra. Nell'oscurità si riuscivano a intravedere a malapena delle figure immobili appollaiate sulle rocce, confuse nell'ombra.

«Chi sono, nonno?», chiese Tonino con un filo di voce.

«Le sirene.»

«Ma non hanno la coda!»

Un raggio di luna illuminò la scogliera più vicina, che l'*Esmeralda* stava costeggiando per entrare nella rada. Il canto si fece più forte.

«Sono uccelli!», strillò Tonino.

«Ssssshhhh! Si chiamano berte maggiori», sussurrò

Ezechiele come se avesse paura di disturbarle, «è loro il canto misterioso che gli antichi attribuivano alle mitiche sirene. Capita di rado di sentirle, perché ormai sono sempre meno. Nessuno ne ha mai viste tante tutte assieme».

«Sono qui per noi?»

«Forse, ma c'è anche qualcun altro», disse Ezechiele.

L'*Esmeralda* entrò nella rada, si avvicinò a riva e si fermò, galleggiando nell'acqua azzurra e cristallina.

Ezechiele aiutò Tonino e Spaghetti a scendere dalla barca e a raggiungere la spiaggia bianca e pulita, di sabbia finissima, chiusa alle spalle da una foresta di alberi e palmizi.

Un uomo li aspettava, in piedi in mezzo alla spiaggia, e attorno a lui c'erano dei bambini.

Erano loro a cantare mentre ci avvicinavamo?

Erano loro a piangere?

O erano le sirene?

O erano quegli uccelli?

Ezechiele non sapeva più cosa pensare.

L'isola non gli faceva paura e anche Tonino non aveva l'aria preoccupata. Pareva un bel posto, con l'aria dolce e la frescura degli alberi. Dava solo una certa malinconia, ma non avrebbe saputo spiegare perché.

L'uomo e i bambini che li accolsero sotto la luce della

luna indossavano degli abiti logori e stracciati, leggeri come foglie che tremano al vento; sembravano consumati dal mare, e anche i loro capelli erano strani, intrecciati di alghe e coralli e conchiglie. Una bambina tra loro – avrà avuto sei anni – era bellissima, con una testa di riccioli neri in mezzo ai quali stava una stella marina rossa e al collo, come una collana, portava il guscio di un paguro bernardo.

Sorridevano.

L'uomo si fece avanti, prese la mano di Ezechiele: «Benvenuti», disse.

Anche i bambini gli si fecero attorno e li salutarono.

«Dove siamo?», chiese Ezechiele.

Avevano tutti occhi grandi, scuri e fumosi che guardavano lontano. I bambini ancora più dell'uomo adulto.

«Ben arrivato, Ezechiele», disse l'uomo, «questa è l'Isola Che Non C'è. Io sono Lazaro. Vi aspettavamo».

Capitolo nove

L'Isola Che Non C'è era bellissima.

Lazaro e i bambini li accompagnarono oltre le dune sabbiose che delimitavano la spiaggia ed entrarono in una foresta che profumava come un giardino, in cui c'erano fiori e alberi di tutti i tipi, aranci e limoni e palme da cui pendevano rami carichi di datteri grossi e sugosi e spalliere di frutti di bosco e cespugli di fragole e more selvatiche e banani altissimi con foglie così larghe che ti ci potevi costruire un riparo. Ogni ben di Dio.

Uno dei bambini con cui Tonino si era messo immediatamente a chiacchierare si arrampicò su per una pianta con incredibile agilità e ne discese con un casco di frutti che distribuì a tutti. Banane così belle e buone non ne avevano mai viste né assaggiate.

Attraversarono un ruscello con l'acqua fresca e dolce, poi uscirono dalla foresta e si trovarono in cima a una piccola collina da cui si poteva vedere buona parte dell'isola, che sembrava essere lunga e stretta, come una freccia o come un ponte.

Sul lato sinistro videro una spiaggia lunghissima con tantissime persone e accampamenti di tende e fuochi di torce e falò che brillavano nella notte, dall'altra parte invece di nuovo foreste e un'ombra di colline che si perdevano in lontananza.

Né case né città né strade.

Si diressero verso la spiaggia e Tonino corse avanti con i suoi nuovi amici. Quei bambini, e anche Lazaro – Ezechiele se n'era accorto subito –, erano tutti stranieri, venivano tutti da Di Là Del Mare. Che ci facevano su quell'isola?

«In quanti vivete qui?», chiese a Lazaro.

«In migliaia», spiegò l'altro, «voi non immaginate quanti siamo. Io fui uno dei primi ad arrivare. Mi tentò l'avventura, la voglia di cambiare, perché non puoi sempre tirare la vita coi denti».

«Lo so», disse Ezechiele.

«Sì. Provai la traversata. Da allora ho l'incarico di contare ogni giorno quanti nuovi abitanti arrivano, di accoglierli e di confortarli perché, sai, i primi giorni sono difficili per tutti. Bisogna imparare a cacciar via la paura, il dolore, la rabbia per ciò che è successo.»

«Perché?», chiese Ezechiele. «Da dove arrivano?»

«Dall'Africa soprattutto», rispose Lazaro, «dai paesi del deserto ma anche dai paesi lontani dell'Asia, qua c'è gente di tutto il mondo. Ci sono delle capanne di frasche, nella foresta, dall'altra parte dell'isola: là vengono sistemati i nuovi arrivati, dove per giorni e settimane grideranno e sfogheranno la loro paura. Poi, dopo la rabbia, arriva la nostalgia, che è tanta e ti stringe il cuore. Allora raggiungono la spiaggia, io li metto in contatto con i loro parenti e amici o comunque con persone della loro città o del loro villaggio che sono arrivate qua prima di loro e di cui non avevano più notizie. Assieme è più facile. Si parla, ci si racconta. Questa che vedi è la Spiaggia dei Racconti. Oh, le storie che si sentono! E poi io segno in un registro il numero degli arrivi di ogni giorno e i loro nomi e da che paese vengono. Tengo il conto di tutto. Ormai ho riempito centinaia di pagine. Fitte fitte. Il Registro è la cosa più importante che c'è sull'isola».

Ezechiele non capiva bene, era confuso: «Ne arrivano ogni giorno?», chiese.

«Ogni giorno: 2133 l'anno scorso, 3612 l'anno prima. È tutto scritto, tutto registrato.»

«Ma se ne arrivano sempre di nuovi...»

«L'isola cresce», spiegò Lazaro, «ogni anno cresce un po' di più per poter accogliere i nuovi arrivati. Un giorno, forse, a furia di crescere sarà così lunga che unirà l'Africa all'Europa, diventerà un ponte e si potrà camminare attraverso le acque azzurre del mare. Quello sarà un giorno benedetto. Verremo tutti. Senza rabbia e senza rancore perché questi sentimenti li abbiamo lavati via come il sale che ci incrostava la pelle. Però porteremo con noi il Registro, quello sì, lo sfoglieremo pagina per pagina, faremo l'appello chiamando tutti per nome, uno per uno, e ognuno si farà avanti e si farà riconoscere. Dovranno ascoltarci, per forza. Questa è l'Isola Che Non C'è, Ezechiele, l'isola di cui molti preferiscono ignorare l'esistenza, facendo finta che noi non siamo mai esistiti. E invece noi ci siamo. Il Registro è la nostra memoria, è tutto quello che rimane di noi».

Oltre agli oggetti sulle spiagge, pensò Ezechiele.

Era sempre più confuso e commosso.

Nel frattempo erano arrivati sulla spiaggia, dove migliaia di persone erano sedute nella sabbia attorno ai falò, uomini donne bambini, che chiacchieravano e mangiavano frutta e si scambiavano saluti nel fresco della notte.

Sembravano sereni.

Ezechiele guardò Tonino che giocava con gli altri bambini a un complicato gioco che si erano inventati lì per lì. Guardò la bambina con la stella di mare nei capelli crespi. Guardò Spaghetti che invece sembrava a disagio, quasi impaurito, e si teneva stranamente in disparte, la coda bassa, lui che era sempre così giocherellone e affettuoso. Ma i cani certe cose le sentono subito.

«Ma voi allora...», mormorò Ezechiele, e non sapeva come dirlo. Sentiva un peso sul cuore perché mica si possono chiedere certe cose. Non era delicato.

Attorno a uno dei falò qualcuno faceva musica soffiando in uno strano flauto.

«Sì», disse Lazaro togliendolo dall'imbarazzo, «noi siamo tutti annegati. Abbiamo tentato la traversata. È andata male».

Ezechiele si tirò i baffi, guardò quella distesa di persone sulla spiaggia, esitò.

«Quel bambino», chiese infine, «Omar...».

«Posso dirti che non è qui», lo rassicurò Lazaro, «e che qui non è arrivato nessuno che era con lui su quel barcone. Li avete salvati tutti! Ma proprio per questo non so dirti esattamente da dove veniva il bambino. Mi spiace non poterti aiutare, dovrai trovarlo tu».

Camminarono sulla spiaggia, la sabbia era ancora tiepida sotto i piedi.

Ezechiele guardava quella distesa di corpi e di volti, ascoltava quelle voci che parlavano in tante lingue diverse ma che riuscivano comunque a capirsi, proprio come si capivano lui e Lazaro, e Tonino e i suoi nuovi amici. Dai gruppetti attorno ai falò lo salutavano, ogni tanto qualcuno si alzava e lo veniva a conoscere personalmente.

«Perché mi salutano?», chiese Ezechiele. «Come fanno a conoscermi?»

«Sappiamo tutti della tua missione», gli spiegò Lazaro. «Pensavi di tenercela nascosta? Siamo tutti con te! Per questo abbiamo interrotto il tuo viaggio e ti abbiamo fatto venire qua. Vai e trova la mamma di Omar, dalle quello zainetto. Fino a quando sarai in mare noi ti aiuteremo. Sai, noi e il mare siamo ormai la stessa cosa. Ma una volta sbarcato, per trovare la casa del bambino dovrai invece affidarti al tuo fiuto. E a quello di Spaghetti!»

Capitolo dieci

«Lo vedi quell'uomo?», gli disse Lazaro mentre continuavano la loro passeggiata sulla spiaggia. «Sì, quello. Aveva moglie e figli e una casetta in muratura alla periferia di Quetta. Viveva la sua vita. Quando cominciarono a sentire lo scoppio delle bombe e il fischio delle granate che colpivano i quartieri orientali della città, né lui né i suoi vicini sapevano che nel loro paese ci fosse la guerra, e non sapevano la guerra di chi contro chi. Né tanto meno per che cosa si combatteva quella guerra. Ti meravigli? Certe cose ai poveri non le dicono mai.

Ma la guerra era ogni giorno più vicina, consumava un quartiere dopo l'altro, e poi arrivarono gli aerei a bombardare, colonne di fumo che bruciavano il cielo.

"Sono stati gli americani", dicevano i meglio informati.

“No, sono stati i russi”, sostenevano altri.

Che differenza faceva? Chi poteva scappava. Ma il nostro uomo, quello là, sì, diceva: “Io qua ci sono nato. E poi dove potrei andare?”.

Un mattino arrivarono gli uomini della milizia, avevano giacche mimetiche e scarpe sfondate e anche quelli della milizia sembravano non sapere molto bene chi combatteva contro chi e perché, ma non importava.

Erano armati e barbuti e lo obbligarono a lasciare tutto, la sua casa, la sua famiglia, e ad andare a combattere con loro. Avevano preso tutti gli uomini del quartiere che quel mattino erano in casa, e poi rastrellarono anche i ragazzi, perfino quelli che ancora non si radevano.

“Non voglio combattere”, diceva lui.

Ma lo arruolarono con la forza e gli diedero una giacca mimetica e un vecchio fucile che non sapeva usare. Dopo mesi di odore di fumo e di sangue è riuscito in qualche modo a scappare. Ha cercato la sua casa ma non c’era più, c’erano solo mozziconi della sua città bombardata. E allora ha preso la via del mare... Aveva scelta?»

Lazaro prese Ezechiele per un braccio, quasi lo strattonò: «E quello? Lo vedi quello?», continuò a raccontare. «Sì, quel ragazzone alto e grosso. Tutto nero. Faceva il ciabattino da qualche parte giù in Centro Africa, non mi ricordo più qual è il suo paese. Chi più felice di lui?

Metteva il tavolo da lavoro fuori in strada, all'ombra del muro della sua casa di mattoni nudi, zufolava, salutava con rispetto gli anziani e guardava passare le ragazze. Quante ne passavano di ragazze! Sembravano trovare ogni volta un nuovo motivo per farsi ammirare. Passavano e ripassavano, avanti e indietro.

Lui aveva sempre un vasetto appiccicoso di colla sul suo tavolo, un pennello, un piccolo martello e la bocca piena di chiodini sottili. Prima dava una spennellata alla suola che penzolava dalla scarpa, poi prendeva con dita veloci un chiodino e *zac zac zac* lo ribatteva col martello.

Quando passava una bella ragazza si toglieva i chiodi dalla bocca e la salutava. Era pieno di belle ragazze che passavano. Doveva continuamente togliersi i chiodini dalla bocca e poi doveva rimetterceli. Certe volte impiegava un'ora a incollare una suola e i clienti protestavano, mentre aspettavano scalzi in mezzo alla polvere della strada che lui si sbrigasse.

Dicevano che era un fannullone.

C'era una ragazza che salutò più delle altre e così decisero che si sarebbero sposati.

Ma che lavoro è fare il ciabattino in un paese in cui le scarpe non le porta quasi nessuno? Come ci mantieni moglie e tanti figli? Perché la ragazza aveva posto come condizione per sposarlo che avrebbero avuto tanti bambini.

Allora pensò che sarebbe andato a fare fortuna altrove, perché un suo lontano compare che la sapeva lunga gli aveva raccontato che c'era un posto chiamato Europa dove tutti – ma proprio tutti – portavano le scarpe e qualcuno addirittura ne aveva due paia, da non credere! Il posto giusto per un ciabattino di buona volontà.

Così lui affidò la fidanzata ai suoi genitori, la salutò e lei gli giurò che l'avrebbe aspettato. Sta ancora aspettando, e credo che ormai non pianga neanche più.»

Ezechiele non sapeva più da che parte girarsi.

Quando l'avrebbe raccontato a Caterina… ma forse era meglio di no, sarebbe stato troppo doloroso per lei. Anche per lui erano storie troppo dolorose.

«Guarda il tuo cane», gli disse Lazaro, «ha trovato un amico».

Era vero: Spaghetti stava giocando con un altro cane, molto più grande di lui, nero e massiccio. Si rincorrevano, si azzuffavano per finta, si rotolavano nella sabbia come fanno i cani.

«Quello è Prince», spiegò Lazaro, «e quel ragazzo sottile come una canna – lo vedi? – è il suo padrone. Inseparabili. Avevano sempre diviso tutto loro due, il cibo, la strada e le avventure. Il ragazzo decise di partire una mattina di maggio senza nemmeno aver fatto colazione, così, come un colpo di vento all'improvviso, perché a diciassette anni puoi fare a meno di tutto ma non di un sogno per la tua vita.

Là dove stava lui non c'erano sogni. Solo polvere.

Portò il cane con sé, non se la sentiva di lasciarlo, chi si sarebbe preso cura di lui? E poi aveva bisogno di un compagno di viaggio. Sopravvissero al deserto – sei mesi di viaggio c'erano voluti –, me l'ha raccontato.

Quando arrivarono alla costa della Libia e venne il momento di imbarcarsi, non ce lo volevano il cane sul barcone e lo prendevano in giro. Gli scafisti lo guardavano con disprezzo: "Cosa ti credi di fare?", gli dicevano. "Lascia quella bestia!"

Allora il ragazzo pagò anche per Prince, come se fosse stato una persona, cinquecento dollari che aveva piegato e nascosto nella punta di una scarpa da ginnastica per sfuggire ai ladri e alle perquisizioni.

Erano gli ultimi quattrini che aveva.

"Fategli posto", disse agli altri della barca, e loro dovettero spostarsi imprecando, ma il cane aveva pagato e aveva diritto di salire a bordo. Partirono.

Fecero naufragio quando ormai pensavano di essere arrivati, era l'alba, la terraferma sembrava vicina, la potevano vedere. Il gommone su cui li avevano caricati si sgonfiò, cominciò a imbarcare acqua, qualcuno col satellitare lanciò l'allarme.

Galleggiarono ancora per due ore scrutando ansiosi il mare.

"Verrà qualcuno", si dicevano.

Il gommone era sempre più floscio, l'acqua livida ormai l'aveva invaso. Non arrivò nessuno a salvarli. Alla fine gli si sfilò di sotto. Si rovesciarono. Solo pochi avevano un giubbotto salvagente.

Prince è un grande nuotatore, è proprio la razza che è così. La terraferma non era nemmeno poi così lontana, forse avrebbe potuto farcela, chissà. Ma il ragazzo sapeva a malapena stare a galla, era spaventato e strillava, e poi guardalo: è tutto ossa.

Prince lo sorresse per ore, poi quando il mare divenne grosso cercò comunque di portarlo a terra. Era stremato anche lui. Sono andati giù abbracciati».

Ezechiele e Lazaro camminarono ancora un po', poi si sedettero sulla sabbia tiepida. Gli offrirono della frutta, ma Ezechiele non riusciva a mangiare. Guardò la bambina con la stella marina tra i capelli che stava giocando con Tonino.

La sua storia non la voleva sentire.

«La vita ci manca», disse Lazaro, «ma quello che ci pesa di più è l'indifferenza. Tutti quelli che non vogliono sapere, che non vogliono capire. Ma un giorno cambierà, ne sono sicuro, se in tanti faranno dei piccoli gesti importanti come quello che stai facendo tu. Per questo ti abbiamo voluto conoscere. Adesso riposati, Ezechiele», aggiunse poi, «prima di riprendere il tuo viaggio».

«È tardi», bofonchiò lui.

«No. Qui il tempo non esiste, naturalmente. Si alternano il giorno e la notte, ma il tempo per noi non c'è. Come potrebbe? Riprenderai il tuo viaggio dal momento in cui l'hai interrotto per venire qua.»

«Allora solo qualche minuto», disse Ezechiele.

Troppe emozioni, troppo dolore. Si sdraiò sulla sabbia tiepida sotto una palma. Tonino, stanco di giocare, gli si mise accanto. Li raggiunse Spaghetti, si intrufolò tra di loro e si scavò una cuccia nella sabbia.

Guaiva piano piano, che è il modo dei cani di piangere.

Forse Prince gli aveva raccontato la sua storia.

Si addormentarono nel vento leggero e nello sciabordio del mare.

Capitolo undici

L'*Esmeralda* riprese la sua navigazione, la prua puntata verso Sud, verso le coste dell'Africa. Ezechiele era al timone, che adesso si lasciava tranquillamente manovrare. Controllò la rotta, la aggiustò, ascoltò il motore che faceva *sput sput sput*, aumentò un po' la velocità, annuì soddisfatto.

L'*Esmeralda* era un guscio di noce, sembrava un giocattolo ma sapeva tenere il mare, accidenti!

La luna aveva cominciato a tramontare.

Ezechiele uscì dalla cabina, andò a poppa per un ultimo saluto ma non scorse nessuna isola alle sue spalle. Neanche una traccia. Solo mare e mare, fino a dove poteva spaziare lo sguardo. Erano partiti da pochi minuti, avrebbe dovuto essere ancora perfettamente visibile, lunga lunga com'era.

Prima di andarsene avevano fatto un sonnellino, poi Lazaro e i bambini li avevano accompagnati di nuovo alla baia bianca, dov'era all'àncora l'*Esmeralda*, che dondolava nella bonaccia, e con loro c'era anche il cane Prince.

Tutti li avevano salutati con grande affetto e Lazaro gli aveva detto: «Vai e completa la tua missione, Ezechiele. Ricordati di noi».

Ma adesso l'isola non c'era più.

Ezechiele era confuso. Continuava a ripetersi: *Non è possibile.*

Scrutò di nuovo nel buio, che cominciava a diradarsi con l'arrivo dell'alba.

Chiaro e scuro.

Non c'era niente. Forse l'isola non era mai esistita.

Forse era stato tutto un sogno, l'isola, quei racconti, i bambini coi capelli incrostati di alghe e conchiglie, la bambina della stella marina, quell'uomo strano, Lazaro, che era là da tanto tempo e teneva il registro dei morti.

No, non poteva essere vero.

Mi sono inventato tutto, pensò Ezechiele, *sono rimasto troppo scosso dal naufragio dell'altra mattina, è stata una scena davvero spaventosa. E poi dalla storia del bambino e dello zainetto. Troppe emozioni. Mi sono fatto suggestionare. Sì, dev'essere andata così.*

Dopo il naufragio era rimasto sveglio tutta la notte a pensare a quella storia e a che cosa poteva fare lui, e si era fatto il sangue cattivo. Aveva deciso di partire d'impulso, in quattro e quattr'otto. Probabilmente si era addormentato al timone – i marinai riescono a dormire ovunque, anche in piedi come i cavalli – e si era sognato tutto.

Il mare fosforescente.

I pesci volanti.

I delfini.

Non c'era traccia di tutto ciò, il mare era normale, quello di sempre, un bel mare d'estate, calmo, liscio.

Si era anche sognato le sirene.

Cosa ti è venuto in mente, Ezechiele.

Sognarti le sirene, ma dai!

E un'isola dove vivono gli annegati!

Meglio se questa cosa non la raccontava a Caterina, lo avrebbe preso in giro.

Ezechiele scacciò i ricordi. Aggiustò la rotta.

Poi lo prese la paura: ma allora, se davvero si era sognato tutto, se era tutto frutto della sua fantasia... anche Tonino e Spaghetti...

Uscì dalla cabina di pilotaggio, avanzò sul ponte con passo incerto, si guardò attorno.

Non c'era nessuno, il ponte era deserto.

Faceva freddo, adesso, si era alzata la brezza di mare e lui era in maglietta.

Se l'era portato il maglione pesante?

Si era immaginato anche loro? In realtà era solo a bordo?

Provò una solitudine tremenda.

Andò a prua.

Le vecchie assi dell'*Esmeralda* cigolavano.

La luce era incerta, la luna offuscata non splendeva più come aveva fatto durante la notte, si avvicinava l'alba.

Si aggrappò a una paratia.

Ma dove stai andando, Ezechiele?, si chiese. *Come ti è venuto in mente di fare questo viaggio?*

Poi li vide. Si erano rincantucciati sotto un pezzo di cerata, dormivano stretti stretti. Di Tonino si vedevano giusto le orecchie, di Spaghetti il naso.

Ezechiele sentì il cuore che gli balzava in petto e respirò a fondo.

Sollevò appena appena la cerata per essere sicuro che fossero proprio là.

Sì che c'erano.

Che spavento si era preso!

Accanto alla cerata vide lo zainetto di Omar, che aveva affidato a Tonino. Ezechiele lo prese per metterlo al sicuro, sembrava un po' troppo pesante. Lo aprì.

Sentì subito il profumo.

Era denso e dolce.

Tonino aveva portato con sé nello zainetto un ramoscello carico di datteri maturi, dovevano averglielo regalato i suoi nuovi amici dell'Isola Che Non C'è.

Navigarono per ore, il cielo si schiarì a oriente, la luce si impossessò dell'orizzonte. Era tutto luce e mare. Tra poco avrebbero dovuto vedere le coste dell'Africa.

Tonino e Spaghetti uscirono da sotto la cerata stropicciandosi gli occhi.

«Siamo arrivati, nonno?»

«Quasi.»

Pane, olio e olive a colazione. Ezechiele, come tutte le mattine, si fece il suo caffè forte sul fornellino a gas. Com'era buono. Come gli piaceva essere di nuovo in mare, vedere quella luce che altrimenti non vedi da nessun'altra parte, sentire quel vento che sa di sale e alghe e del respiro delle balene e del canto degli uccelli, che profuma di schiuma e di abissi profondi, perché in mare niente va perso.

Chi rimane a terra non lo sa quel che perde.

Si gustò il caffè appoggiato alla murata.

Vide all'orizzonte il profilo della costa dell'Africa, ancora incerto e tremolante, ma non fece in tempo a rallegrarsi perché nello stesso momento comparve un puntolino in lontananza, che veniva avanti e cresceva e sembrava puntare dritto su di loro. Capì di colpo di aver fatto una grossa sciocchezza.

Una grossissima sciocchezza.

D'altronde, quando uno è un vecchio stupido…

… e anche un po' rimbambito, diciamo la verità…

È così che succede.

Fa le sciocchezze.

E adesso rischiavano di pagarla cara, lui, Tonino e Spaghetti.

Perché quel puntolino che correva verso l'*Esmeralda* era la Guardia Costiera.

Capitolo dodici

Stupido! Stupido! Stupido!

Come aveva fatto a dimenticarsene?

Ezechiele aveva già avuto occasione di conoscere la Guardia Costiera che protegge le coste africane. Era giovane allora, quanti anni avrà avuto? Ventiquattro, venticinque?

Era già sposato, non possedeva ancora l'*Esmeralda* e lavorava duro a giornata sui pescherecci degli altri per mettere da parte i soldi che gli servivano. Era un bravo marinaio, era forte, non si tirava mai indietro e sapeva rendersi simpatico.

Lavorava soprattutto su un grande peschereccio – *La Temperanza* si chiamava – che poteva restare in mare per giorni e giorni senza tornare a terra. Era un equipaggio di otto uomini, al comando di Capitan 'Ntoni, e scorrazzavano per tutto il canale di Sicilia per andare a cercare i banchi di pesce più ricchi e numerosi.

Che battute di pesca memorabili avevano fatto.

Quella volta si erano spinti fin quasi alle coste dell'Africa e stavano calando le reti, quando all'improvviso era comparsa la motovedetta. Correva come un siluro tagliando l'acqua in due e aveva in cima alla torretta un affare che girava – il radar, gli avevano spiegato poi – con cui riuscivano a vedere tutto quello che succedeva in mare. Una diavoleria.

«Filiamo!», aveva detto Capitan 'Ntoni, e aveva dato ordine di invertire la rotta.

«Cosa succede, Capitano?», aveva chiesto Ezechiele.

«Una scocciatura», aveva risposto lui.

Una scocciatura?

La Temperanza era lenta e troppo carica: il tempo di fare manovra, di spingere il motore e già la motovedetta le era addosso. Quando si era fatta più vicina, avevano visto anche le canne delle mitragliatrici e gli uomini in divisa a bordo che guardavano verso di loro col binocolo.

«Stop!», avevano gridato con l'altoparlante dalla motovedetta. «Stop!»

Capitan 'Ntoni non se n'era dato per inteso e aveva continuato sulla sua rotta.

«Cosa succede?», aveva chiesto Ezechiele a un vecchio

marinaio – come si chiamava? Natale, forse, ma non era sicuro, dopo tanti anni – che navigava da sempre e che ne aveva viste di tutti i colori.

«Abbiamo oltrepassato le acque territoriali», gli aveva risposto lui.

«E cosa vuol dire?»

«Che siamo a casa loro, e non si può.»

Così Ezechiele aveva imparato che esistono i confini anche in mare e non gli sembrava possibile perché il mare è di tutti da sempre – no? – , e in mare siamo tutti uguali e mica ci possono essere in mare delle righe o dei cartelli che ti dicono "Sei qua. Sei là".

Aveva imparato anche che non puoi oltrepassare quei confini invisibili senza avere un sacco di scartoffie e permessi e che, se lo facevi, come avevano appena fatto loro con *La Temperanza*, quegli altri si arrabbiavano molto.

Ma perché?, continuava a chiedersi Ezechiele.

Comunque non gli sembrava una cosa così grave.

«Stop!», avevano gridato ancora dalla motovedetta. Poi avevano sparato.

Tre colpi di fucile che erano esplosi all'improvviso tra acqua e cielo, e i gabbiani che avevano raggiunto *La Temperanza* per mangiarsi il pesce che traboccava dalle reti erano volati via in un attimo con un gran frullare di ali. Uno dei colpi aveva colpito la chiglia del peschereccio. Se n'erano accorti molto più tardi, quando erano finalmente tornati a terra e lo avevano visto. Era un buco grosso così.

A bordo erano tutti sbiancati e avevano istintivamente alzato le mani.

Sparano!, aveva pensato Ezechiele. *Sparano!*

Non gli sembrava possibile.

Capitan 'Ntoni aveva fermato *La Temperanza*.

La motovedetta aveva accostato.

Un ufficiale era salito a bordo. Dalla tolda della motovedetta li tenevano sotto il tiro dei fucili. Ezechiele era spaventatissimo, ma anche gli altri marinai, più esperti, non sembravano tranquilli. In quei momenti aveva pensato a Caterina, aveva pensato alla vergogna di finire in prigione.

L'ufficiale e Capitan 'Ntoni avevano avuto una lunga discussione che era andata avanti per diversi minuti, uno parlava in arabo, l'altro in siciliano stretto.

Capitan 'Ntoni gli aveva fatto vedere delle carte, l'altro non le aveva degnate di uno sguardo. Alla fine l'ufficiale li aveva guardati uno per uno. La ciurma non doveva avere un bell'aspetto.

La Temperanza oscillava tra le onde perché il mare era un po' agitato.

L'ufficiale aveva sbuffato e poi aveva restituito a Capitan 'Ntoni le sue carte inutili e aveva fatto con la mano un gesto eloquente: "Filate via alla svelta!".

Non ce l'eravamo fatti dire due volte.

«Potevano sequestrarci il peschereccio», aveva spiegato Natale, «ci è andata bene!».

Erano rientrati a Scuglizzi ancora spaventati e con la coda tra le gambe.

Stupido! Stupido! Stupido!, pensò di nuovo Ezechiele.

La motovedetta li avrebbe acchiappati in un attimo, e questa volta non avrebbero trovato un comandante di buon cuore.

Capitolo tredici

Per un attimo pensò di invertire la rotta e provare a tornare indietro verso la Sicilia.

Probabilità di farcela?

Nessuna.

Poi si morse un baffo, agitò il pugno in direzione della motovedetta e gridò: «Venderò cara la pelle!».

«Tenetevi forte, voi due!», aggiunse poi rivolgendosi a Tonino e Spaghetti che lo guardavano un po' spaventati.

La costa dell'Africa era là, là si trovava la meta del loro viaggio, non molto vicina ma neanche molto lontana. Non si sarebbe arreso così facilmente.

«Vai *Esmeralda*!», e diede gas.

Ha ragione Caterina, sei più ostinato di un mulo con le zecche. Sai benissimo che non ce la puoi fare ad arrivare alla costa prima di loro. Viaggiano al doppio della tua velocità. Ti acchiappano subito...

Non è vero!

Sì che è vero. Fermati, aspettali, recita la parte del povero vecchietto che si è perso in mare con un bambino e un cane. Magari gli fai pena e...

Mai!

Puntò dritto verso la linea di costa.

Il puntino della motovedetta cresceva all'orizzonte.

Andava veloce, troppo veloce.

Non poteva farcela, ci sarebbe voluto un miracolo.

Fino a quando sarai in mare noi cercheremo di proteggerti, gli aveva detto Lazaro salutandolo.

«Ecco! Questo sarebbe proprio il momento!», borbottò Ezechiele.

Di colpo la nebbia cominciò a salire dal mare a lunghe volute lente, una nebbia spessa, appiccicosa, impenetrabile. Un attimo prima il cielo era limpido e sereno, il sole sbucava a oriente promettendo una splendida giornata, e a un tratto si era alzato quel muro bianco. Sembrava arrivare dagli abissi, come un fantasma, come un corteo di spettri, e aveva nascosto tutto nel giro di un minuto, a malapena si distinguevano le onde che si infrangevano contro la chiglia.

Mai visto salire la nebbia in quel modo in mare aperto.

Una magia.

«Là dentro, *Esmeralda*!», ordinò Ezechiele.

L'*Esmeralda* si impennò, nitrì, prese la rincorsa e si precipitò a tutta velocità dentro il banco di nebbia scomparendo alla vista.

E adesso venite a prendermi, pensò Ezechiele.

Sì, lo sapeva: quelli a bordo avevano il coso, come si chiama, il radar, e altre diavolerie elettroniche in sala comando che facevano in continuazione *bip bip bip* e che segnalavano la sua posizione su uno schermo illuminato di verde, ma lui era un marinaio e in mare, nebbia o non nebbia, non aveva bisogno di aggeggi, gli bastava il naso. E poi era sicuro che quella nebbia magica avrebbe inceppato i loro strumenti e li avrebbe accecati.

Virò a destra, virò a sinistra, andò a zig zag, finse di invertire la rotta poi lanciò il peschereccio a tutta velocità dritto verso la costa africana. Erano anni che l'*Esmeralda* non era costretta a correre così – era vecchietta anche lei – e la sentiva ansimare per lo sforzo, il fasciame cigolava e tremava, i chiodi delle assi sembrava dovessero schizzare fuori da un momento all'altro, ma Ezechiele sapeva che non avrebbe mollato, lui la conosceva bene.

Il silenzio. La nebbia assorbiva tutti i rumori, non si sentiva nemmeno lo sciabordio delle onde contro la chiglia, era come viaggiare nel nulla, nel vuoto dello spazio

– forse così un tempo viaggiavano i vascelli fantasma delle leggende, l'*Olandese Volante*, la nave fenicia con le vele nere carica di oro e spezie che qualcuno pretendeva di aver incontrato lungo le rotte meno battute del Mediterraneo.

Storie. Leggende di marinai.

Era come essere sospesi nel tempo, come se la terra non ci fosse stata più, solo un unico grande mare che chissà dove finiva.

Se finiva.

Tonino si guardava attorno con gli occhi spalancati.

«Dove stiamo andando, nonno?»

«Alla nostra destinazione. Ci siamo quasi. Tu e Spaghetti non dovete fare nessun rumore.»

«Ci prendono, nonno?»

«Ma va'!»

Navigarono in quel modo, protetti dalla nebbia. Ezechiele non poteva sapere quanto ancora fosse lontana la costa, ma non si preoccupava, era sicuro che quando fossero arrivati in vista di un porto la nebbia si sarebbe dissolta da sola.

Un paio di volte ebbe l'impressione di sentire, in qualche punto non precisato del nulla che li circondava, la voce dell'altoparlante che diceva: "Stop! Stop!". Poi scompariva.

Chiese un ultimo sforzo all'*Esmeralda*, diede tutto gas.

«Quanto manca, nonno?»

Ezechiele aguzzava gli occhi nella nebbia.

E all'improvviso l'*Esmeralda* sbucò fuori dal banco di nebbia come una palla di cannone, a tutta velocità, e lì davanti a loro, così vicini da toccarli con mano, c'erano un porto e una cittadina con le case colorate e si vedevano perfino le persone che passeggiavano sulla riva o che erano sedute ai caffè del lungomare.

E lungo la costa verso occidente, nera, alta, inaccessibile, si stagliava la sagoma di un promontorio con una forma strana.

Sembrava...

Il Becco dell'Avvoltoio!

«Urrà!», gridarono assieme Ezechiele e Tonino. Spaghetti ululò.

Ce l'avevano fatta, erano arrivati.

Ezechiele ridusse la velocità, fece compiere all'*Esmeralda* un'elegante virata, infilò con abile manovra l'imboccatura del porto, costeggiò le altre barche, accostò, si fermò, gettò una cima a riva, saltò sulla banchina a legarla, aiutò a scendere anche Tonino e Spaghetti e si avviò con loro.

«Gliel'abbiamo fatta vedere!», disse orgoglioso.

Si scambiò il cinque con Tonino. Lo sapeva lui che non sarebbero riusciti ad acchiapparlo.

I poliziotti che li stavano aspettando all'inizio del molo li arrestarono subito.

Capitolo quattordici

Li misero ad aspettare in una stanza del commissariato locale.

Era un locale piccolo, con pareti marroni che avevano urgente bisogno di una mano di vernice fresca, afosissimo – una sola finestrina in alto da cui non passava un filo d'aria –, completamente spoglio. C'erano due panche di metallo che dopo un po' che stavi seduto ti bolliva il sedere – con rispetto parlando – e un portaombrelli di dubbia utilità in un paese in cui, a occhio e croce, pioveva due volte l'anno.

Completava l'arredamento un vecchio calendario appeso a un chiodo con le pagine gialle e arricciate.

«Nonno, che cosa ci faranno?», chiese Tonino.

«Niente, tesoro mio», rispondeva Ezechiele, «cosa vuoi che ci succeda? Non abbiamo fatto niente di male».

Ma non era così sicuro.

Passò un'ora, ne passarono due.

Nessuno sembrava prestare loro attenzione. Ogni tanto dalla porta aperta vedevano passare nel corridoio qualcuno in divisa, lemme lemme, con delle carte in mano. Un paio di volte Ezechiele aveva provato a richiamare la loro attenzione, ma niente da fare.

La temperatura cresceva col passare del tempo. L'aria bruciava. Era tutto molle, lento, bagnato. Tonino si era assopito sulla panca, fradicio di sudore, Spaghetti era sdraiato sul pavimento, disperato, con la lingua penzoloni, alla ricerca di un po' di refrigerio che non c'era.

Mi hanno imbrogliato, continuava a pensare Ezechiele, *nemmeno mi hanno inseguito in quell'accidente di nebbia. Noooo! Hanno telefonato al porto e gli hanno detto di aspettarmi. Facile così.*

Gli sembrava una mossa disonesta.

Poi si alzò, deciso a farsi dare almeno un po' d'acqua per Tonino e Spaghetti, non potevano trattarli in quel modo. Andò nel corridoio con aria battagliera e vide il piantone di guardia che usciva dall'ufficio accanto, lasciava la porta aperta e gli faceva segno: "Entrate!".

Rianimò Tonino e Spaghetti.

«Andiamo», disse, «adesso si chiarirà tutto».

L'uomo che li aspettava nell'ufficio, seduto dietro una

logora scrivania ingombra di scartafacci, aveva i gradi, quindi doveva essere un ufficiale. Un capitano? Un tenente? Era grassissimo e aveva la camicia macchiata di sudore.

Sul ripiano della scrivania un piccolo ventilatore serviva solo a smuovere l'aria calda e a far frusciare i fogli degli incartamenti, mentre sulla testa dell'uomo un vecchio orologio faceva *tac tac tac* ogni volta che le lancette si spostavano.

Era l'unico rumore.

Si sedettero davanti a lui. Tonino dritto dritto sulla sedia, con l'aria molto pallida e seria. Spaghetti invece aveva deciso che era meglio stramazzare sul pavimento e fare il morto.

Ezechiele guardò l'ufficiale e lo studiò.

Ebbe subito l'impressione che detestasse, nell'ordine:

a) i vecchi citrulli;

b) i bambini;

c) i cani pelosi.

Siamo rovinati, pensò.

Ma non voleva fargli vedere che aveva paura.

«Vorrei dell'acqua», gli disse, «per piacere. Acqua. Per il bambino».

L'ufficiale alzò il viso dalle carte che stava leggendo e gli piantò gli occhi addosso, per la prima volta da quando erano entrati.

«Acqua», ripeté Ezechiele, e fece il segno di bere.

L'ufficiale abbaiò qualcosa. Arrivò il piantone con una caraffa d'acqua.

«Grazie», disse Tonino.

L'ufficiale aspettò che avessero bevuto poi chiese qualcosa.

Ezechiele scosse la testa. «Non capisco.»

Altra domanda.

«Non capisco.»

Il grassone sbuffò impaziente. Si asciugò il sudore che gli scorreva sulla faccia.

Tac tac tac fece l'orologio.

L'ufficio era un forno. Anche a Scuglizzi il caldo non scherzava d'estate, c'erano stati degli anni... come quella volta che... Ma là dentro era peggio.

Ezechiele era stanco e spaventato all'idea che facessero qualcosa a Tonino.

Ma come poteva spiegarsi, farsi capire, raccontare cosa era successo e perché?

La prima cosa da chiarire era che il bambino doveva immediatamente essere riportato a casa sua, in Svizzera!

E anche il cane. Era cittadino svizzero anche lui, sì.

Poi se la prendessero con lui, semmai, che era un vecchio rincitrullito e aveva combinato un guaio.

Pensò a che scenata, giustamente, gli avrebbe fatto

Vincenzo, il papà di Tonino, e a cosa gli avrebbe detto Caterina.

Sai perché succedono queste cose? Perché sei un vecchio caprone testardo e ostinato e non ascolti nessuno. Mai! Tu fai sempre di testa tua.

Zitto! Non provare nemmeno a difenderti…

E adesso hai messo nei guai queste due innocenti creature…

Due? Chi sarebbe l'altra creatura innocente?

Spaghetti!

L'ufficiale ripeté la domanda ma questa volta – sembrò a Ezechiele – in una lingua diversa. Ma lui non capì nulla lo stesso.

Era inutile.

Nell'ufficio entrò un moscone che cominciò a ronzare e a sbattere contro le pareti.

Mentre guardava il moscone, sentì distrattamente Tonino che rispondeva all'ufficiale e poi l'ufficiale che gli diceva qualcos'altro.

Capitolo quindici

Ezechiele rimase a bocca aperta. Com'era possibile che…

«Dice che siamo entrati illegalmente nel paese», tradusse Tonino, «e che è una cosa grave. Che abbiamo opposto resistenza a un mezzo della Marina Militare, e questo è gravissimo. Che siamo clandestini e che loro i clandestini non li sopportano. E poi…».

«Ma tu come fai a capirlo?», chiese Ezechiele esterrefatto.

«Perché parla in francese», rispose Tonino.

«E tu sai il francese? Ma in Svizzero non si parla lo svizzero?»

«Nonno! Si parla francese e tedesco e in qualche posto anche italiano», spiegò Tonino con aria paziente.

«Ah, sì?»

«Sì.»

«Ascoltami», fece a Tonino che lo guardava serio serio, «adesso tu devi dirgli… devi spiegargli che noi… che lo zainetto… la missione…».

No, non poteva dare quella responsabilità a Tonino, non poteva lasciare che fosse un bambino a spiegare tutta la vicenda che li aveva portati fino là, a raccontare quel dolore. Non era giusto.

Toccava a lui.

Si alzò in piedi, guardò dritto negli occhi l'ufficiale. L'ufficiale lo guardò.

Ezechiele si ricordò dei cantastorie che aveva ascoltato tante volte sulla piazza di Scuglizzi quand'era bambino, perché allora i cantastorie c'erano ancora e giravano per i paesi col loro carretto.

Era grazie a loro che la povera gente poteva conoscere tante storie meravigliose, quelle che poi ti fanno compagnia durante l'inverno e che portano un po' di bellezza nella tua vita e riescono a farti sentire un po' meno disgraziato anche se sei un contadino senza un pezzo di terra tua, perché la terra ce l'hanno tutta i padroni.

Le storie di Ulisse, appunto, e dei paladini di Carlo Magno e di re Artù e i cavalieri della Tavola Rotonda, la storia di Cola Pesce.

I cantastorie già allora parlavano un linguaggio antico, usavano parole del dialetto che molti non ricordavano più, eppure riuscivano a farsi capire in tutta la Sicilia. Il più famoso di loro, Zi' Nicola, era stato anche sul Continente – che meraviglia! –, aveva viaggiato e visto posti e aveva raccontato le sue storie anche là, in piazze molto diverse e a facce molto diverse dalle loro, e si era fatto capire anche dai continentali, che alla fine piangevano tutti dall'emozione.

E allora Ezechiele raccontò, in piedi nella calura della stanza, col moscone che ronzava impazzito e l'orologio che faceva *tac tac tac*.

Raccontò del naufragio.

L'alba che non riusciva a forare le tenebre.

Di qua il chiaro, di là lo scuro come il giorno della Creazione.

L'urlo del mare. Gli scogli.

Neri erano e appuntiti come lame.

Il barcone.

Il barcone in balìa delle onde.

Scraaaashhhh!

E quelli a bordo a gridare, gridare nell'urlo del mare.

La campana.

La campana, *capito?*, che suonava a martello nel buio.

Don. Don. Don. Don. Don.

A martello come quando c'è pericolo grande.

Come quando una volta arrivavano i Saraceni.

E accorse tutto il paese.

La fune. La fune, *picciotti*, per il salvamento.

Presto.

Nell'acqua fino a qua.

Le onde troppo alte che ti arrovesciavano.

La fune. La fune al barcone dovete portare.

Forza! Forza!

E quei disgraziati, meschini, che il mare li sommerge e qualcuno cerca di arrivare alla spiaggia aggrappato alla fune.

Così, aggrappati alla fune con l'acqua salata negli occhi e nel buio si vede solo il bianco dei denti.

Due ce la fanno. Tre. Tanti.

Forza! Forza!

Ma un'altra volta quel rumore.

Scraaaashhhhh.

Buio.

Buio.

Ezechiele tacque.

L'ufficiale era immobile. Nella stanza erano entrati altri quattro poliziotti e si erano fermati ad ascoltarlo. Il moscone s'era quietato.

Lo zainetto sulla spiaggia, proseguì Ezechiele, il bambino.

Tonino si alzò e mise lo zainetto sulla scrivania ingombra.

Ezechiele lo aprì, con delicatezza.

Mise in ordine davanti all'ufficiale la maglietta, le caramelle, il quaderno.

Lui provò ad aprire il quaderno con le sue manone goffe che sembravano prosciutti, poi rinunciò per il timorc di rovinarlo.

Chiese qualcosa a Ezechiele, che lo capì benissimo.

«È vivo», gli rispose, «sta bene».

Gli mostrò la fotografia, ci picchiò su l'indice.

«Mamma», disse.

Silenzio.

Restava solo il *tac tac tac* dell'orologio.

Il grassone si asciugò la faccia con un fazzoletto che sembrava una vela.

Ezechiele era esausto.

L'ufficiale fece segno agli altri poliziotti di andarsene. Intrecciò le grosse mani. Pensò a lungo nella calura. Ogni tanto muoveva le labbra. I minuti scorrevano.

Guardò un'altra volta la fotografia.

Poi si rivolse a Tonino, gli parlò lentamente e gli fece segno: "Traduci".

«Dice che lui non sa dove può essere questa famiglia», tradusse Tonino. «Dice che può essere in un qualunque villaggio della costa. Dice che sei matto. Dice che lui chiude gli occhi e che abbiamo ventiquattr'ore di tempo per trovare la mamma di Omar. Poi se non siamo partiti sono cavoli nostri.»

«Non dire parolacce!»

«L'ha detta lui», si difese Tonino, «io traduco».

Ezechiele guardò l'ufficiale, poi prese Tonino e Spaghetti, raccolse lo zainetto e uscì dal commissariato.

La vampa del pomeriggio toglieva il fiato.

Quel poco che vedevano del paese là attorno sapeva di povertà.

Le case malridotte, le strade disselciate, un caffè coi tavolini macchiati, e chi stava lì seduto davanti a un bicchiere di tè sembrava che non aspettasse niente.

Ezechiele sapeva riconoscere un paese povero, ci era cresciuto.

L'ufficiale li seguì fin sulla porta, poi sussurrò ancora qualcosa.

«Cosa ha detto?», chiese Ezechiele.

Tonino era perplesso: «Ha detto: "Allah vi accompagni". Chi è questo signore?».

«Poi te lo spiego», gli ripose Ezechiele.

Si avventurarono nel caldo.

Capitolo sedici

«Sono stanco, nonno», si lamentò Tonino, «ho fame e sete».

Anche Spaghetti si era seduto in una pozzanghera di ombra, sotto un muro, con la lingua penzoloni, e si rifiutava di muoversi. Avevano camminato per ore nella calura del pomeriggio senza fermarsi un attimo, sballottati in mezzo alla folla, non avevano mangiato, non avevano bevuto se non una tazza di tè tiepido che gli era stata offerta da un giovane impietosito dalla scena che vedeva: un vecchio, un bambino e un cane che si trascinavano di strada in strada e fermavano tutti mostrando una fotografia. L'avevano fatta vedere anche a lui, mentre in piedi sulla soglia di casa sua svuotavano la ciotola del tè e ringraziavano. Si era limitato a sorridere, un po' imbarazzato, e a fare segno di no con la testa, "no, non li conosco".

Era un bel giovane con gli occhi profondi e scuri.

Anche Ezechiele non ce la faceva più eppure, fosse dipeso solo da lui, sarebbe andato ancora avanti, ostinatamente, passo dopo passo, fino a quando non fosse stramazzato per terra, perché non avevano tempo da perdere.

Ventiquattr'ore, aveva detto l'ufficiale, e poi…

Sono niente ventiquattr'ore.

Ma aveva ragione Tonino, era venuto il momento di fermarsi, cercare un posto all'ombra che li sottraesse per un po' alla morsa implacabile del sole, mettere qualcosa sotto i denti. Si sentivano certi profumini nell'aria, di spezie, di peperoncino, di carne alla griglia, di non so che cosa…

Appena usciti dal commissariato avevano cominciato a girare a caso per il paese e si erano presto ritrovati nella *medina*, la città vecchia, un labirinto di strade, stradine e vicoli sempre più stretti, un dedalo di piazzette, scalinate, androni e passaggi misteriosi in cui si erano subito persi.

Le strade erano lastricate in pietra usurata dal tempo, sembrava che quei lastroni fossero là da sempre, da migliaia d'anni, e fossero stati calpestati e lustrati da milioni di sandali e babbucce e ciabatte di ogni tipo e piedi nudi fino a diventare lisci e morbidi. Le case erano basse, accostate l'una all'altra, coperte da terrazze su cui si intravedevano la biancheria stesa ad asciugare, i serbatoi per raccogliere l'acqua piovana, i graticci su cui uva e pomodori seccavano al sole, ed erano così bianche da ferire gli occhi. Le porte delle case in genere erano aperte e mostravano all'interno cortili e ombra fresca e invitante.

C'era una gran confusione, banchetti improvvisati ovunque che vendevano mercanzie di ogni tipo, a volte solo una tovaglia stesa a terra con una piramide di meloni in equilibrio precario, carretti carichi di frutta e verdura, ciotole colme di spezie coloratissime, brocche, tessuti, mestoli in legno, pentoloni su fornelli a gas in cui ribolliva di tutto, carbonelle, asini che scivolavano con gli zoccoli sulle pietre troppo consumate, botteghe all'aperto, botteghe chiuse da tende di incannucciato che impedivano di guardare dentro, grida, urla, richiami.

E gente di ogni tipo: donne velate e ragazze in blue jeans, uomini distinti con lunghi ed eleganti camicioni che arrivavano fino ai piedi, altri in giacca e cravatta nonostante il caldo, giovanotti con la maglietta del Barcellona, bambini ovunque.

Una folla che non si arrestava mai.

Tonino si guardava attorno con gli occhi sgranati, cose del genere in Svizzera sicuramente non le aveva mai viste, per lui era tutta una novità.

A Ezechiele invece tutto sommato la *medina* non sembrava poi molto diversa dalla parte più antica di Scuglizzi o di altri paesi dell'interno della Sicilia che aveva incontrato quando girava con la motocicletta nelle notti profumate delle feste e dei balli. Così come non era diverso l'odore dello zafferano e delle melanzane fritte e del finocchietto selvatico che gli arrivava a zaffate dalle case e poi ristagnava nell'aria immobile e stava là a stuzzicarlo. Da perderci la testa.

Lo stomaco gli brontolò. Dovevano mangiare qualcosa.

Per tutto il pomeriggio si erano aggirati per i vicoli, a casaccio, fendendo la folla, smarrendosi, ritrovandosi ogni tanto al punto di partenza – o forse no, per loro quelle stradine erano tutte uguali –, con Ezechiele che non la finiva più di raccomandare a Tonino e Spaghetti di stargli vicino, per carità, di stare attenti perché se si perdevano di vista... Tonino teneva stretto Spaghetti per il collare altrimenti avrebbe inseguito tutti quegli odori nuovi, tutti i bambini che lo venivano a toccare e a fargli le carezze, tutte le lucertole che guizzavano nelle crepe dei muri.

«Qua», continuava a ripetergli Tonino. «Devi stare qua vicino a me. Hai capito?»

Ma Spaghetti era un cane svizzero e tutta quella caciara non l'aveva mai vista in vita sua e gli sembrava una grande e divertente festa, un'occasione che non poteva perdere. Era come un bambino al luna park, incontenibile.

Fermavano tutti con in mano la fotografia di Omar e della sua famiglia.

«Lo conoscete? L'avete visto?»

C'era chi tirava dritto perché aveva troppa fretta. Chi sembrava infastidito. Chi si limitava a una occhiata veloce.

No.

Chi guardava la foto con attenzione e sembrava capire subito di cosa si trattava, ci pensava, la guardava un'altra volta.

No.

Alle donne era meglio se si rivolgeva Tonino. I bambini venivano spontaneamente, guardavano la foto, si consultavano, chiamavano anche gli altri.

«Guardate anche voi.»

No.

No.

No.

Che cosa ti aspettavi? È come cercare un granello di sabbia nel deserto. Una goccia nell'oceano. Il promontorio è qua, d'accordo. Ma lo vedono da chilometri di distanza, la madre di Omar può essere dappertutto. La verità è che sei venuto a inseguire un tuo sogno, Ezechiele, ma i sogni, puff!, svaniscono nel nulla.

Sei solo un vecchio illuso.

«Lo conoscete? Il bambino?»

No.

No.

Quante persone avevano interrogato? Ma adesso il sole aveva cominciato a scendere nel cielo ed era venuto il momento di fermarsi.

Capitolo diciassette

Ezechiele sbirciò all'interno di un cortile e vide un pergolato di uva fragola che faceva un'ombra invitante e profumata, tre tavoli zoppicanti coperti da una tovaglia di plastica, una porta che dava nella casa e che lasciava vedere una cucina, un pentolone di acqua bollente sul fornello e una donna che con un coltello affilatissimo tagliava verdure. *Zac zac zac*, era velocissima.

Entrarono, si sedettero a un tavolo. A quell'ora non c'era ancora nessuno.

Appena seduto, Ezechiele si rese conto di essere veramente esausto, gli dolevano i piedi, aveva i baffi coperti di polvere, gli era tornato quel dolorino alla schiena che si faceva vivo ogni tanto. Spaghetti era stramazzato sul pavimento di terra battuta, Tonino aveva la testa che ciondolava e sembrava che, da un momento all'altro, si sarebbe addormentato sul tavolo.

La cuoca uscì dalla cucina asciugandosi le mani nel grembiule. Era alta, robusta, vestita all'occidentale, senza nemmeno il tradizionale foulard a coprirle i capelli che portavano quasi tutte le altre donne. Aveva l'aria spiccia e decisa.

Guardò il gruppetto, capì al volo la situazione, rientrò in cucina e ne uscì di nuovo con una caraffa d'acqua fresca per Ezechiele e Tonino e una ciotolona per Spaghetti, che la prosciugò in un attimo.

«Ti piace il couscous?», chiese a Tonino.

«Non lo so», rispose lui diffidente.

«Vedrai!», disse lei.

Tornò in cucina, armeggiò, sbatacchiò, sfrigolò, produsse una nuvola di vapore che ristagnò nel cortile e che Ezechiele annusò con aria golosa, ritornò con un grande piatto da portata pieno di tutto – verdure a tocchetti, carne, pesce, vongole, cozze e chi sa cos'altro. C'era un piatto anche per Spaghetti.

Una delizia.

Ripulirono tutto, lustrarono anche il piatto.

«Piaciuto?», chiese la donna a Tonino.

Non c'era nemmeno bisogno di chiederglielo.

«Come mai lei parla italiano?», le domandò Ezechiele.

«Otto anni in Italia», rispose lei, «lavoravo nei ristoranti. Spaghetti alla carbonara, spaghetti all'amatriciana, cotoletta alla milanese... sapevo fare tutto...».

Sentendosi nominare, Spaghetti agitò la coda.

«E poi?», chiese Ezechiele.

La donna esitò, si sedette con loro.

«Poi non ha funzionato», rispose semplicemente, «e sono tornata».

Ezechiele lo sapeva bene, anche per lui e Caterina non aveva funzionato quand'erano andati a Milano, e così per tanti altri che erano tornati a Scuglizzi nel corso degli anni.

Qualcuno sì aveva fatto fortuna, come si usava dire, e arrivava in paese un giorno d'estate al volante di una bella automobile, suonando il clacson per farsi notare da tutti, vestito bene, con una moglie del Nord tutta elegante, e poi la sera raccontava cose straordinarie agli amici di un tempo radunati al caffè in piazza.

Sembrava che lassù, dove si era trasferito il loro amico vestito bene, ci fosse il paradiso – c'era tutto, bastava allungare la mano e prendere quello che si voleva.

Ma tutti gli altri che ritornavano, chi dopo un anno, chi dopo tre, chi dopo tanti, non parlavano affatto del paradiso, anzi, in genere non parlavano volentieri della loro esperienza lassù. Chi era stato a Milano come

Ezechiele, chi a Torino, chi in Svizzera come il papà di Tonino, chi in Germania, chi in Belgio... Posti strani e lontani.

Non avevano voglia di parlarne. Riprendevano la vita di prima e basta, come avevano fatto anche Ezechiele e Caterina.

«Voi siete quelli che cercano la famiglia del bambino», disse la donna, «lo so perché è tutto il pomeriggio che girate per la *casbah*, ormai vi conoscono tutti. Qui le notizie viaggiano in fretta».

Ezechiele le diede la fotografia.

«Perché?», chiese la donna.

Ezechiele si tirò i baffi, imbarazzato, come sempre quando doveva fare un lungo discorso. Ci sono cose che è difficile spiegare.

Il sole aveva cominciato a tramontare, la morsa del caldo si stava allentando, là nel cortile il profumo dell'uva fragola si mescolava agli aromi della cucina.

Si stava bene.

Anche i rumori della strada, il brusio delle voci, per un attimo rimasero fuori.

Prima che Ezechiele potesse parlare, Tonino prese lo zainetto da sotto il tavolo e lo porse alla donna.

Lei lo guardò, lo accarezzò appena appena con la mano.

«È vivo?», sussurrò.

«Sì», disse Ezechiele.

La donna guardò la foto con attenzione, corrugò la fronte, sembrò sul punto di dire qualcosa, la guardò di nuovo.

«Youssuf!», chiamò poi rivolta verso la porta di casa.

Uscì quello che doveva essere il marito, un omino piccolo, secco, dritto come un fuso, vestito con un caffettano color sabbia.

Li salutò portandosi la mano sul cuore.

«*Salaam*», disse, «la pace sia con voi».

«*Salaam*», risposero Ezechiele e Tonino.

Almeno quella parola l'avevano imparata, in quel lungo pomeriggio.

Marito e moglie guardarono assieme la fotografia, si dissero qualcosa in arabo, confabularono tra di loro.

Ezechiele aspettava speranzoso.

«No», disse poi la donna, «non li conosciamo».

Gli restituì foto e zainetto.

«Dobbiamo andare», sospirò Ezechiele.

Si alzarono.

«Paga, nonno», disse Tonino, e corse ad acchiappare Spaghetti che puntava dritto verso la cucina.

«Certo, certo», bofonchiò Ezechiele.

Cominciò a frugarsi nelle tasche, prima quelle dei pantaloni.

Niente.

Poi quelle della camicia.

Nisba.

Poi di nuovo quelle dei pantaloni.

A Scuglizzi a cosa serviva avere dei soldi in tasca?

A niente.

Si conoscevano tutti in paese. Mica c'era bisogno di pagare quando andavi in un negozio o di usare quelle diavolerie tipo la carta di credito.

C'era il panettiere che faceva certe forme di pane croccante che duravano anche una settimana e non perdevano il profumo. C'era il negozio di alimentari di Giuseppina, un bugigattolo buio lungo e stretto, con la vecchia insegna EMPORIO dipinta a mano sopra l'ingresso, dove avevano un po' di tutto stipato sugli scaffali, bastava cercare e ci potevi trovare qualsiasi cosa. Ezechiele ci andava a prendere quel poco che gli serviva – i vecchi non consumano niente.

C'era la gelateria Il Delfino dove ogni tanto, le sere d'estate, si concedeva la golosità di un cono crema e cioccolato e poi gli veniva la nostalgia pensando a tutte le volte che ci aveva portato Caterina, mano nella mano, ancora quando dietro il banco servivano i genitori degli attuali proprietari. E poi c'era il Caffè del Porto.

Non avevi bisogno di pagare. Segnavano su un quadernino. Ogni cliente aveva la sua pagina. Passavi un'altra volta a saldare il conto, con comodo, magari a fine mese quando arrivava la pensione.

Facevano tutti così in paese.

Morale: dalle tasche, dopo una lunga e approfondita ricerca, emersero solo una banconota stropicciata di piccolo taglio e una manciata di monetine.

Ezechiele sentì che le orecchie gli diventavano di fuoco.

Naturalmente non aveva pensato a prendere dei soldi prima di partire.

Noooooo!

Naturalmente non aveva pensato che in quel paese non usavano gli euro, che avevano certamente un'altra moneta, che si chiamava... *piripicchia*... e che lui avrebbe dovuto procurarsela prima di mettersi in viaggio.

Noooooo!

I vecchi rimbambiti a queste piccolezze non ci pensano.

Allungò verso la padrona la mano aperta con tutti i suoi miseri averi. Sperò che Tonino, ancora preso a rincorrere Spaghetti, non lo vedesse.

La donna guardò la mano aperta, frugò, prese quattro o cinque monetine.

A Ezechiele sembrava veramente poco ma non fece domande.

«*Salaam*», disse lei.

In qualche modo uscirono dall'intrico di stradine della *medina*.

Il sole stava precipitando nel mare, si era alzata una leggera brezza che li ristorò.

Ezechiele prese Tonino per mano e si diresse piano piano verso il porto, con Spaghetti che trotterellava al loro fianco e annusava l'aria salmastra.

Raggiunsero il molo, niente polizia ad aspettarli. L'*Esmeralda* dondolava piano tra le strida dei gabbiani là dove l'avevano lasciata.

Salirono a bordo, Ezechiele dispose sul ponte tutte le coperte di cui disponeva, Tonino si addormentò subito abbracciato al cane.

Il sole finalmente precipitò in mare, si accesero le stelle nella volta stellata ed erano milioni.

Ezechiele rimase sveglio ancora un po', appoggiato alla murata, a guardare il mare e il nero del cielo che si confondevano e a pensare.

Poi si sdraiò anche lui, così vicino a Tonino che poteva sentirlo respirare, e il respiro del bambino si confondeva con quello delle onde.

Capitolo diciotto

Quando si svegliò, il mattino dopo, era più tardi del solito. D'altronde, da quando era partito, Caterina non veniva più a svegliarlo a quell'ora strana che non è né notte né giorno come aveva sempre fatto in quegli anni.

Il cielo era bigio, il sole una palla sfuocata nascosta dietro una cortina di nubi basse, l'afa già insopportabile, neanche un filo di vento. Sarebbe stata una pessima giornata.

Si stiracchiò, si tirò i mustacchi, si lavò la faccia con una secchiata di acqua marina. Sapeva quello che doveva fare, come si suol dire la notte gli aveva portato consiglio: per prima cosa sarebbe andato in paese a cercare latte e biscotti per la colazione di quei due che stavano ancora ronfando, poi avrebbe lasciato Tonino con Spaghetti sulla barca – inutile stancarlo ancora – e avrebbe continuato la sua ricerca da solo con la fotografia in mano, negozio dopo negozio, fino all'ultimo minuto disponibile.

Infine sarebbe tornato al commissariato, avrebbe chiesto di parlare con quell'ufficiale, sarebbe entrato di nuovo in quell'ufficio afoso e ingombro di carte, con quell'inutile ventilatore che smuoveva solo aria calda, lo avrebbe supplicato di dargli ancora tempo, di concedergli ancora un giorno – anzi due!, meglio tre! –, l'avrebbe guardato negli occhi con aria complice, il bambino, gli avrebbe ripetuto, e lui si sarebbe impietosito e gli avrebbe detto...

Smettila di raccontarti storie, Ezechiele.

Sapeva benissimo che l'ufficiale non poteva più aiutarlo, sapeva che aveva rischiato già molto concedendogli di rimanere per un giorno senza documenti e senza permessi, facendo finta di non averlo mai visto e ignorando le denunce della Guardia Costiera.

Non poteva fare più niente per lui.

Ezechiele sarebbe tornato all'*Esmeralda*, avrebbe sciolto l'ormeggio, puntato la prua verso la Sicilia, rifatto la traversata all'incontrario sulla stessa rotta della barcaccia su cui si trovavano Omar e suo padre quella notte che poi era cresciuto il vento ed era scoppiata la tempesta all'improvviso e chissà che paura avevano avuto.

Sarebbe tornato a casa sconfitto, con la coda tra le gambe.

I sogni mica sempre si avverano.

Sì, ma cosa dirò a Tonino quando mi chiederà perché torniamo indietro?

Gli dirai che è così che va nella vita, che a volte si perde e che non sempre si riesce a realizzare quello che si desidera e che bisogna imparare a…

Storie!!!

Fosse stato per lui se ne sarebbe infischiato, sarebbe rimasto a girare la costa per giorni, per settimane se necessario, paese dopo paese, casa dopo casa, baia dopo baia.

Era un vecchio cocciuto o no?

E poi succedesse quello che doveva succedere. Non gli importava.

Ma con Tonino non poteva farlo.

No, era giusto tornare indietro.

Non si respirava proprio, Tonino era tutto sudato, e poi con addosso quel cane peloso…

Ci hai provato, Ezechiele, non sentirti in colpa. Hai fatto tutto quello che potevi fare.

In fondo, come diceva… coso… Pippo, Omar e suo padre avranno certamente telefonato, avranno detto: "siamo sani e salvi". Quelli hanno sempre il telefonino con loro, quello satellitare che puoi parlare con tutto il mondo, è la cosa più preziosa che possiedono, è l'unico contatto con la famiglia e il loro paese.

Sì, ma se non l'hanno fatto?

E poi non era solo quello, Ezechiele lo sapeva bene.

Quanti anni sarebbero passati prima che Omar potesse tornare a casa? Cresciuto, forse già adulto, forse coi baffi o la barba, forse così cambiato che anche sua madre avrebbe fatto fatica a riconoscerlo.

Oh, capitava ai migranti, anni e anni di distanza e solitudine.

Come sarebbe stata quell'attesa infinita per la madre di Omar, senza qualcosa di suo che l'aveva accompagnato nel viaggio da guardare ogni giorno, senza un oggetto da accarezzare e stringere quando la nostalgia sarebbe stata troppo forte e il mare là davanti troppo deserto e sempre uguale, senza una barca che lo riportasse indietro?

Chi ci pensava a queste cose?

Quando Vincenzo, il padre di Tonino, era partito per la Svizzera, Caterina aveva conservato la sua stanza così com'era, senza toccare nulla, per mesi e poi per anni. Disfarla avrebbe significato ammettere che Vincenzo non sarebbe tornato più, che sarebbe rimasto per sempre a vivere in quel paese gelido e lontano.

Ogni tanto Caterina entrava nella stanza di Vincenzo, apriva le finestre, dava aria, puliva e poi rimaneva a guardare le sue cose, i libri delle superiori, quelli su cui aveva studiato giorno dopo giorno per riuscire a diplomarsi – il primo a riuscirci delle loro famiglie! –, il pallone da basket, un paio di camicie di quelle che i ragazzi si mettevano per essere alla moda, la foto della 5C al completo, coi professori, anche quello di italiano – come si chiamava?

Era così noioso, così pignolo, diceva sempre a Vincenzo: «Devi imparare a parlare e a scrivere perfettamente in italiano, zuccone, se no dove vai, cosa combinerai mai di buono, eh? E leggi, testa di legno, leggi, che se no sarai sempre un ignorante».

Vincenzo aveva imparato a parlare e a scrivere perfettamente in italiano, tanto che certe volte Ezechiele, che invece ancora si imbrogliava parecchio, si sentiva in soggezione.

E quanti libri aveva letto!

Non sapeva come avrebbe fatto Caterina senza quella stanza.

E loro erano stati fortunati, in realtà, rispetto alla mamma di Omar, perché sapevano dov'era loro figlio, si telefonavano ogni settimana, sapevano che aveva un buon lavoro, una bella casa, che usciva con una brava ragazza.

Ecco cosa significava quello zainetto.

Ezechiele cercò di cacciare la malinconia, il senso di sconfitta.

Ci si metteva anche il tempo, *un'afa, un'umidità...*

E poi hai ancora mezza giornata, magari...

Si passò le mani nei capelli nel tentativo vano di sembrare pettinato, questa volta si accertò di avere in tasca quei due soldi che gli erano rimasti e saltò sulla banchina.

Latte e biscotti, di quelli che si inzuppano.

Ad aspettarlo in cima al molo c'era un omino piccolo, secco, dritto come un fuso. Quel mattino indossava un caffettano verde.

«*Salaam*», gli disse.

Capitolo diciannove

L'*Esmeralda* correva a tutto gas sul mare piatto come una tavola.

Ezechiele era al timone, canticchiava una canzone di cui aveva dimenticato le parole e ogni tanto suonava la sirena come a dire: "Fate largo!", anche se non c'era in vista nessun'altra imbarcazione.

Tonino e Spaghetti lo guardavano con aria di rimprovero: «Non ci hai comperato il latte e i biscotti!», strillò Tonino.

«Non ho avuto tempo», bofonchiò lui, «c'è una traccia finalmente, non c'è un minuto da perdere».

«Ma noi abbiamo fame!»

«Possibile che voi due pensate solo a mangiare?»

I due se n'erano andati a poppa sdegnati.

«Là», gli aveva detto l'omino piccolo e secco, che

era poi il marito dell'ostessa che li aveva sfamati la sera prima.

E aveva indicato col dito una città lungo la costa, seminascosta dal calore e dalla bruma di quella mattinata pallida e afosa.

«Tu vede? Dove c'è torre alta, minareto. Vede?»

Si intravedeva in effetti una torre alta, sottile, che terminava con una cupola dorata a cipolla, che emergeva dalla foschia e sembrava sospesa nel nulla, tremolante come un miraggio.

«Quella è...», e aveva detto un nome che Ezechiele ovviamente non aveva capito.

Poi gli aveva spiegato che la sera prima, dopo che loro se n'erano andati, lui e sua moglie avevano continuato a pensare alla foto ed erano inquieti e non riuscivano a togliersela dalla testa anche mentre cucinavano e servivano ai tavoli e poi, dopo che gli ultimi avventori si erano allontanati, anche mentre pulivano e spazzavano e spegnevano le luci.

Continuavano a pensare al *guaglione* e alla mamma che non si trovava. Disse così perché aveva lavorato per anni a Napoli come pizzaiolo.

Loro non avevano avuto la benedizione di un figlio, spiegò, e ogni volta che si parlava di *guaglioni* sua moglie si impietosiva e certe volte piangeva.

Alla fine si erano detti: ma l'uomo della foto non assomigliava a Mohammed lo Zoppo?

Ma la foto l'avevano vista solo pochi attimi, non erano sicuri.

Forse che sì, forse che no.

Però...

Mohammed lo Zoppo lo chiamavano così perché non si era mai ripreso bene da una brutta frattura, dopo che un asino imbizzarrito che ragliava e tirava la cavezza gli aveva spappolato un ginocchio con un calcio. Bestie pericolose, gli asini, di umore strano.

Non era più stato quello di prima.

Anche Maradona, aveva aggiunto l'omino, aveva subito una brutta frattura, ma a procurargliela non era stato un asino bensì un difensore avversario di cui adesso non ricordava il nome, che l'aveva colpito a tradimento, l'infame, e tutta Napoli l'aveva maledetto e gli aveva fatto il malocchio. Lui lavorava in pizzeria in quegli anni e non si parlava d'altro. Ma Maradona si era ripreso benissimo dall'infortunio, al punto che aveva guidato il Napoli alla vittoria finale e lui si ricordava di quella volta...

«Vai avanti!», l'aveva supplicato Ezechiele.

Sì.

Mohammed lo Zoppo viveva a..., la città della torre

che sembrava un miraggio, e aveva ripetuto quel nome incomprensibile.

Pincopallino, aveva deciso Ezechiele, la città di *Pincopallino*.

Mohammed aveva un furgoncino scassato e senza il clacson, a cui ogni tanto non si accendeva un faro, e girava lungo la costa avanti e indietro facendo consegne e trasporti di ogni tipo. Loro non lo conoscevano bene, l'avevano visto tre-quatto volte, e quindi non potevano essere sicuri.

Così avevano chiesto a un loro garzone con un lontano cugino che abitava anche lui a *Pincopallino* e che per qualche mese aveva aiutato Mohammed nel suo lavoro, finché si era stancato e se n'era andato, troppa polvere e troppa fatica.

È proprio vero, aveva aggiunto l'omino, che i giovani d'oggi non hanno più voglia di lavorare. Ai suoi tempi... Era così anche in Italia?

«Vai avanti!», aveva supplicato ancora Ezechiele.

Sì.

Il garzone aveva chiamato il lontano cugino al cellulare. Così e cosà. Avevano cominciato a parlare di certe ragazze e non la finivano più.

«Mohammed!», si era spazientito l'omino. «Chiedigli di Mohammed!»

Finalmente il cugino aveva detto al garzone che il furgone di Mohammed lo Zoppo non si vedeva da qualche tempo e che forse era partito o forse no.

E che sì, Mohammed lo Zoppo aveva tre figli, o quattro – mica ricordava bene –, e uno forse si chiamava Omar, ma là tutti avevano un sacco di figli e un sacco di bambini si chiamavano Omar e quindi mica voleva dire.

A sentir parlare di un sacco di figli sua moglie si era messa a piangere, aveva aggiunto l'omino, e lui c'era rimasto male e aveva cercato di consolarla, ma quello era un dolore antico che l'avrebbe accompagnata per tutti i suoi giorni.

«È un dolore anche per me», aveva detto l'omino, «ma per un uomo è diverso».

Ezechiele non era d'accordo?

«Ma quel cugino», aveva chiesto Ezechiele impaziente, «sa dove vive questo Mohammed? Sa l'indirizzo?».

«No.»

Vai ad avvertire il vecchio col bambino e il cane, gli aveva detto sua moglie, ma spiegagli bene che non è una cosa sicura e che noi non lo vogliamo illudere.

Digli anche che ha la nostra benedizione.

No, non era stato difficile trovarlo, li avevano notati tutti in paese – sì, anche la polizia –, e gli avevano detto che gli stranieri stavano in una barca ormeggiata al molo.

E da dove veniva Ezechiele, da Napoli?

Ezechiele aveva troncato là il discorso a costo di fare la figura del maleducato.

Non aveva bisogno d'altro. Una traccia. Gli bastava.

Partire. Subito.

Aveva ringraziato e salutato l'omino, gli aveva detto di ringraziare anche la moglie, e aveva promesso che magari sulla strada del ritorno sarebbe passato a salutarli e a mangiare il couscous.

Aveva fatto di corsa tutto il molo, era risalito sull'*Esmeralda* con un balzo leonino, aveva sciolto gli ormeggi, avviato il motore, eruttata una nube di fumo nerastro che con quell'afa era rimasta appiccicata lì tutta puzzolente, aveva dato gas e aveva deciso in un attimo che la missione era molto più importante di latte e biscotti.

E adesso quei due glielo rinfacciavano!

Ingrati.

Capitolo venti

Dopo circa due ore, poco alla volta la città di *Pincopallino* era emersa dalla foschia e si era rivelata per intero. Già mentre si avvicinavano al porto per ormeggiare a Ezechiele si era stretto il cuore: santo cielo, com'era grande!

Attorno alla torre – il minareto –, la città era cresciuta lungo la costa e verso l'interno in un groviglio di case, palazzi, strade, magazzini. Il porto era affollato da centinaia di imbarcazioni di ogni tipo e una selva di antenne paraboliche si alzava dai tetti e dalle terrazze infilzando il cielo bigio.

Ezechiele timonò con attenzione, si fece largo in quel traffico marino caotico, evitò tre barchini che andavano a casaccio, schivò un peschereccio otto volte più grande del suo, di quelli che possono rimanere in mare per settimane, che fendeva l'acqua infischiandosene degli altri.

Vide le facce scure e segnate degli uomini dell'equipaggio e provò una fitta di nostalgia pensando a quando anche lui aveva lavorato su barche come quella, in battute di pesca che si protraevano per giorni e giorni, lontano, là dove non c'era più la terra e c'erano solo il mare, il sale e il vento sulla pelle screpolata.

Infine trovò un buco lungo la banchina e ormeggiò l'*Esmeralda*.

Appena scesi a terra, l'impressione si accentuò: il paese dal quale erano partiti, e di cui Ezechiele non sapeva nemmeno il nome, era piccolo, giusto la *medina* in cui si erano aggirati un intero pomeriggio, il lungomare che portava al porto, altre due strade. Tutto lì.

Pincopallino invece era un caos di asfalto e cemento e automobili che correvano in un flusso ininterrotto lungo le strade strombazzando in continuazione, autobus imbottigliati nel traffico, carretti che non c'entravano nulla e procedevano lemmi lemmi bloccando tutto, camion malconci con autisti nervosi che guidavano con la testa fuori dal finestrino urlando di tutto agli altri conducenti, in un mucchio senza regole e senza ordine. C'era gente, gente ovunque, vestita in tutti i modi possibili e immaginabili, che camminava, correva, si urtava, andava in tutte le direzioni.

Il rumore era assordante.

Usciti dal porto, si avventurarono cauti lungo un marciapiede, sballottati di qua e di là, guardandosi attorno smarriti. Ezechiele era quasi sempre vissuto a Scuglizzi, non era abituato alle città, bastava poco a fargli girare la testa. Per quel che ricordava, nemmeno a Milano, ai tempi in cui ci aveva abitato con Caterina, aveva avuto quel senso di smarrimento.

Presero una via laterale, meno affollata.

Da che parte dobbiamo andare? Cosa dobbiamo fare?, si chiedeva Ezechiele.

*E poi devo stare attento a non perdermi, dove abbiamo lasciato l'*Esmeralda*? A destra? A sinistra? Già non mi ricordo più.*

Strinse forte la mano di Tonino, che a sua volta stringeva il collare di Spaghetti.

Camminando, arrivarono in una piazzetta più tranquilla con due alberi stentati, una dozzina di motorini parcheggiati a casaccio, una panchina di legno dipinta di verde, un negozio di alimentari davanti al quale si piantarono Tonino e Spaghetti.

«Biscotti», disse Tonino.

Spaghetti mugolò.

«Latte», tradusse Tonino.

Ezechiele entrò, guardato con diffidenza da due donne che stavano facendo la spesa, come se fosse stato un intruso, aspettò il suo turno, riuscì a fatica a farsi capire e a ottenere quel che gli serviva, poi fece vedere al proprietario l'ultima banconota che gli era rimasta in tasca.

L'uomo dietro al banco era grande e grosso, indossava una vecchia canottiera dei Los Angeles Lakers da cui spuntavano ciuffi di peli neri e sembrava cordiale quanto un cane lupo col mal di denti. Guardò torvo Ezechiele e gli disse qualcosa in arabo che non sembrava un complimento. Ezechiele si tirò i baffi e gli rispose in siciliano stretto e nemmeno quello era un complimento – si capiva benissimo.

Si guardarono negli occhi, poi il proprietario prese la banconota di malagrazia.

«Il resto», disse Ezechiele.

L'uomo ringhiò e gli diede qualche monetina.

Ezechiele uscì coi biscotti e la bottiglia del latte.

Mentre Tonino e Spaghetti si ingozzavano seduti sulla panchina – un biscotto a me, un biscotto a te –, Ezechiele era in preda a cupi pensieri: non sarebbero mai riusciti a trovare Mohammed lo Zoppo in quelle condizioni. Inutile mettersi in giro a chiedere come avevano fatto il giorno prima, non gli avrebbero nemmeno dato retta, e poi: quanti abitanti c'erano a *Pincopallino*?

Avrebbero dovuto avere un colpo di fortuna, trovare per caso una persona, tra centinaia di migliaia, che conoscesse un uomo che faceva le consegne con un furgone senza il clacson, un uomo che zoppicava e che...

Come vincere la lotteria.

Però la foto mostrava che la casa della famiglia di Omar era vicina alla spiaggia, si vedevano il mare e quel promontorio che dominava tutta la zona.

Allora dovevano tornare sulla costa e seguirla.

Sì, ma in che direzione? Verso oriente? Verso occidente?

La città si estendeva da entrambi i lati, per chilometri.

Ezechiele scosse la testa sconsolato.

Non poteva nemmeno sperare in un'altra magia dei suoi amici dell'Isola Che Non C'è, come quando avevano fatto comparire la nebbia: lo avevano avvertito che potevano aiutarlo solo fino a quando era in mare.

«Nonno», lo chiamò Tonino.

«Dimmi, tesoro», rispose lui distrattamente.

«Se questa è la città dove viveva Omar», disse Tonino guardandolo tutto orgoglioso della sua idea, «ci penserà Spaghetti a trovarlo».

«Chi?»

«Spaghetti!»

«Certo, certo», gli disse Ezechiele.

Capitolo ventuno

Beati i bambini, pensò Ezechiele.

Tonino e Spaghetti avevano spazzolato anche le briciole dei biscotti, avevano la pancia piena e adesso avevano voglia di giocare.

Tonino aprì lo zainetto di Omar che portava sempre con sé e che non mollava un attimo, fiero dell'incarico che gli aveva dato il nonno.

Prese la maglietta di Omar all'interno e la fece annusare a Spaghetti.

«Cerca, Spaghetti, cerca!», lo incitò.

Doveva averlo visto in qualche film americano.

Spaghetti si rotolò sul pavimento polveroso della piazzetta grattandosi la schiena con grande soddisfazione. Poi si sgrullò.

Tonino gli rimise la maglietta sotto il naso.

«Cerca, Spaghetti, cerca!»

Spaghetti annusò prima un palo della luce, poi un cartello stradale.

«Vedi, nonno?», strillò Tonino. «Sta cercando!»

Spaghetti annusò di nuovo il palo della luce, ci pensò su e poi fece pipì.

Ezechiele scosse la testa sconsolato.

Spaghetti non sarebbe riuscito a trovare una gallina nel pollaio.

Non avrebbe trovato un würstel in un carretto che vendeva hot-dog.

Non sarebbe riuscito a trovarsi la coda da solo nemmeno in caso di emergenza.

«Cerca, Spaghetti, cerca!»

Spaghetti inseguì una lucertola senza riuscire ad acchiapparla.

Era un cane buono e affettuoso, rifletté Ezechiele, *ed era di grande compagnia per Tonino, ma era irrimediabilmente stupido.*

Non c'era niente da fare.

Se ci fosse stato il Campionato del Mondo per Cani Stupidi, trasmesso via satellite in prima serata, Spaghetti sarebbe arrivato di sicuro secondo.

Secondo, perché era troppo stupido per riuscire ad arrivare primo.

«Nonno!», lo chiamò Tonino. «Ha trovato la traccia!»

«Che cosa...?», chiese Ezechiele alzando gli occhi.

Spaghetti ululò e il suo grido di battaglia risuonò in tutta la piazzetta; Maglietta da Basket si affacciò sulla porta del negozio con l'aria accigliata per vedere cosa stesse succedendo, alcune donne si sporsero dalla finestra preoccupate, fin quando il cane infilò di corsa una stradina in salita.

Tonino dietro di lui.

«Nonno, nonno! Sbrigati!»

Ezechiele si mise a correre.

Una svolta a destra, una a sinistra.

Un'altra a destra.

Poi Spaghetti ci ripensò, tornò indietro naso a terra, prese un'altra traversa.

Schivarono per un pelo un carretto carico di frutta, tagliarono la strada a un'automobile che strombazzò indignata, quasi travolsero un'anziana signora che tornava dal mercato con le borse cariche e che gliene disse di tutti i colori.

Ezechiele non correva più da decenni, aveva male alle ginocchia, aveva male ai piedi, il cuore gli batteva a mille nel petto e gli sarebbe di sicuro scoppiato per lo sforzo, il respiro ormai gli usciva dalla bocca come un rantolo.

Ogni tanto li perdeva di vista, ma l'ululato di Spaghetti gli indicava subito la strada.

«Sbrigati, nonno!»

Un lungo viale alberato che non finiva mai.

Corri. Corri.

Una ripida scalinata in discesa.

Ezechiele era sicuro che gli sarebbe venuto un infarto, che sarebbe morto là, in terra straniera, nella città di *Pincopallino* che nessuno sapeva come si chiamava davvero, sconosciuto e insepolto, che vergogna, le sue ossa sarebbero sbiancate al sole, non avrebbe mai più visto Scuglizzi, e tutto per colpa di un nipote svizzero e di un cane che credeva di essere il commissario Rex.

Pensò a Caterina e le chiese perdono.

Pensò all'*Esmeralda* che sarebbe marcita là nel porto, abbandonata e sola, e chiese perdono anche a lei.

Si fermò a prendere fiato.

Il respiro gli usciva fischiando dai polmoni.

Si appoggiò a un muro.

L'afa era aumentata, non c'era un filo d'aria.

Il sudore gli scorreva a fiumi dalla fronte.

Si asciugò alla meglio con un vecchio fazzoletto.

Non avrebbe fatto più un passo.

Nossignore.

Li avrebbe aspettati là. Quando quei due avessero finito di giocare...

«Nonno!», gridò Tonino da dietro un angolo. «L'ha trovato!»

Possibile?

Ezechiele non ci credeva, ma si rimise faticosamente in moto, con tutte le giunture che gli scricchiolavano. Percorse qualche centinaio di metri con la gente che lo guardava strano – un vecchio matto che correva sotto il sole –, girò l'angolo dietro al quale erano spariti Tonino e Spaghetti e li vide.

Erano fermi davanti a una cancellata. Dietro la cancellata c'era un grande cortile. Dentro al cortile, una costruzione bassa.

«È qua», disse Tonino.

Spaghetti era immobile accanto a Tonino, fiero, nobile, orgoglioso, la testa alta, il naso che vibrava nel vento – non c'era un filo di vento in realtà –, le orecchie dritte, una zampa tesa a indicare anche lui: "È là".

«Questa è una scuola», disse Ezechiele.

«Lui andava a scuola, no?», rispose Tonino. «Abbiamo il quaderno.»

Capitolo ventidue

Il suono della campanella che scandisce le lezioni a scuola è uguale in tutto il mondo: la prima del mattino è stridula, lugubre, presagio di sventure; l'ultima è un trillo argentino che annuncia la libertà e un futuro radioso.

Fu quella che suonò dopo un quarto d'ora che i tre stavano aspettando.

Una fiumana di bambini e bambine si riversò gridando e schiamazzando verso il cancello che era stato aperto e davanti al quale si erano nel frattempo radunate le mamme. Urla, spintoni, librate in testa.

Tonino entrò in azione con la fotografia di Omar stretta nella mano. Chiese a tutti correndo da un gruppetto all'altro.

Lo conoscete?

Lo conoscete?

Lo guardavano con curiosità, quel bambino straniero bianco bianco, coi capelli biondi – "Ha poco di siciliano!", brontolava sempre Ezechiele –, che agitava una fotografia accompagnato da un cane buffo.

Chi è?

Perché lo stai cercando?

Da dove vieni?

I bambini per fortuna parlano una lingua tutta loro e riescono sempre a capirsi.

Alla fine un ragazzino coi capelli ricci e l'aria sveglia guardò la foto, fece un gran sorriso, si girò a chiamare alcuni suoi compagni, "Venite! Venite!", e anche loro guardarono la foto e poi si misero a parlare tutti assieme agitatissimi.

«Piano! Piano!», supplicò Tonino.

Lo presero e lo condussero da una signorina che stava uscendo in quel momento dalla scuola e che portava una cartella piena di libri da cui spuntava un fascio di fogli che avevano tutta l'aria di essere compiti in classe.

Una maestra.

La maestra era giovane giovane, vestita all'occidentale in jeans e maglietta, e aveva l'aria simpatica. A Tonino ricordava un po' la sua maestra dei tempi in cui faceva le elementari – adesso era in prima media –, che era sempre stata carina e gentile e aveva una pazienza infinita.

Guardò anche lei la foto e si fece seria.

La maggior parte dei bambini ormai se n'era andata a casa, il cortile si era svuotato ed era diventato stranamente silenzioso; in sottofondo si sentiva solo il rumore del traffico che scorreva inesauribile nella via principale. Restava il gruppetto di quelli che evidentemente erano i compagni di scuola di Omar.

Ezechiele si avvicinò.

La maestra lo salutò in modo cerimonioso, poi guardò Tonino con l'aria imbarazzata, cercando il modo di farsi capire.

«*Je parle français*», disse lui.

La maestra sorrise e i due cominciarono a parlare fitto fitto.

Ogni tanto interveniva qualcuno dei bambini, sbracciandosi per dare indicazioni.

Ezechiele seguiva la discussione senza capirci niente e aveva il cuore che batteva forte: c'erano riusciti alla fine? Avevano trovato la famiglia di Omar? Possibile? Non sarebbe stata un'altra delusione?

Non ci credeva.

«Lo abbiamo trovato», annunciò Tonino, «lei è la sua maestra».

«E... conosce il suo indirizzo?», chiese Ezechiele.

«Lei no, ma lui sì», spiegò Tonino, e indicò il bambino ricciuto con l'aria sveglia. «Dice che ci accompagna un pezzetto, poi deve correre a casa se no fa tardi e sono scapaccioni.»

«Allora andiamo», tagliò corto Ezechiele, «andiamo subito!».

La maestra gli disse qualcosa.

Si teneva la mano sul cuore e aveva l'aria triste.

«Dice che ogni mattina, quando arriva in classe», tradusse Tonino, «non sa se i suoi bambini ci saranno ancora tutti o se troverà un altro banco vuoto. Dice che ogni mattina, quando si siede alla cattedra e apre il registro e comincia l'appello, le trema la voce, e se qualcuno non risponde lei non sa mai se è a casa col raffreddore o se è partito. Partono in tanti. Nella sua classe ce ne sono già tre di banchi vuoti, ed è così in tutte le aule, e dice che prima della fine dell'anno ce ne saranno altri. Il bidello voleva portarli via ma lei gli ha detto di no, di non toccarli, perché magari i bambini torneranno e devono trovare il loro banco così come l'hanno lasciato. Anzi, gli ha chiesto di pulirli ogni giorno. Su uno dei banchi c'è ancora una gomma per cancellare dimenticata e lei vuole che rimanga là, anche se sa che è una cosa sciocca. Solo che non è mai tornato indietro nessuno. Gli altri bambini si sono abituati a fare finta di niente e preferiscono non parlare mai dei compagni che non ci sono più. Sanno che potrebbe capitare anche a loro. Dice che lei racconta ai suoi scolari che devono studiare, impegnarsi, diventare bravi, perché solo così avranno una vita migliore dei loro padri e potranno farsi strada nella vita. Ma poi quando si trovano su una barca, a cosa gli serve? Dice che non è giusto. Che non è giusto».

«Falle vedere il quaderno», disse Ezechiele sottovoce.

La maestra lo prese, lo aprì, sfogliò due o tre pagine, si mise una mano sulla bocca.

«Era molto bravo in matematica», tradusse ancora Tonino, poi la maestra si mise a piangere e restituì il quaderno. Tonino lo rimise nello zaino.

Rimasero in silenzio, imbarazzati, non sapevano più cosa dire.

«Ringraziala», disse Ezechiele.

La maestra restò ferma sulle scale della scuola, le tremavano le spalle.

Si avviarono con Spaghetti che camminava in mezzo ai due bambini, Tonino e il ragazzino coi capelli ricci. Attraversarono un pezzo di città caotico, arrivarono di nuovo sul lungomare. Macchine incolonnate, clacson, l'aria pesante.

Il ragazzino riccio si fermò, parlò con Tonino, i due si abbracciarono.

«Dice che da qui è facile, dobbiamo andare sempre dritti lungo il mare. Non possiamo sbagliare. Dice che bisogna scarpinare un po', Omar se la faceva a piedi due volte al giorno, tranne quando lo accompagnava suo padre col furgone, ma non capitava spesso. A un certo punto, quando la città finisce, c'è una torre antica di pietra, di quelle che costruivano un tempo per difendersi dagli attacchi dei pirati cristiani...»

Ma non erano i pirati saraceni?, pensò Ezechiele.

Poi si ricordò che stava vedendo il mondo dall'altra parte del mare.

«... e poco dopo c'è la casa di Omar, che è piccola e tutta bianca, un po' isolata, con davanti un cane nero che abbaia abbaia ma non fa niente, non dobbiamo avere paura.»

Il riccetto corse a casa.

La costa si stendeva dritta davanti a loro, ostruita da casermoni che sembravano formicai, il mare era lento, pesante nella calura, alla loro sinistra incombeva la mole del Becco dell'Avvoltoio, alto e nero.

Ezechiele prese Tonino per mano e si avviò piano piano.

Capitolo ventitré

Eccola là.

Una casa intonacata di bianco, col tetto piatto e un cortile davanti, che degradava verso una fila di scogli e una spiaggetta sassosa da cui si vedeva il profilo del promontorio, proprio come nella foto.

La città un poco alla volta si era diradata, i casermoni erano spariti e adesso erano in un posto strano che non era né città né campagna, una terra di nessuno con tante case, come quella di Omar, sparse qua e là e capannoni e terreni abbandonati invasi da mattoni e vecchi pneumatici e fili elettrici che penzolavano dai tetti. Era un posto triste. C'era un marciapiede sbrecciato e invaso dalle erbacce e la spiaggia in basso era solo ciottoli e alghe.

Ezechiele provò a immaginare Omar che, dopo aver fatto i compiti, tirava quattro calci al pallone contro uno di quei muri sfarinati o che correva ridendo nella polvere con i suoi amici o che, in costume e maschera, perlustrava gli scogli a caccia di cozze e ricci.

Erano arrivati, alla fine.

Ezechiele avrebbe voluto fare di corsa quelle poche decine di metri che lo separavano dalla casa e invece si accorse di indugiare.

«Cosa c'è, nonno?», gli chiese Tonino.

Ezechiele era stanco. Aveva caldo. Tutto quel correre, quelle emozioni.

Ma non era solo quello.

Adesso che aveva raggiunto il suo obiettivo non sapeva più bene cosa fare, non sapeva cosa dire. Lui non era mai stato molto bravo con le parole. Cosa avrebbe detto a quella donna? Come sarebbe riuscito a farsi capire?

Quanto avrebbe voluto avere Caterina al suo fianco in quel momento!

Con lei accanto sarebbe stato tutto facile: Caterina sapeva sempre trovare le parole giuste per parlare con chiunque. E poi aveva paura di essere indiscreto, di essere un ficcanaso che si impicciava di fatti non suoi. Aveva paura che vedere lo zainetto fosse per la mamma di Omar un nuovo dolore. E poi...

Era pieno di dubbi.

Be', dovevi pensarci prima, no?

«Andiamo, nonno», gli disse Tonino prendendolo per mano.

Ezechiele si avviò, gli facevano male le gambe.

Percorse gli ultimi metri, si affacciò sul cortile e subito un cane nero spelacchiato gli corse incontro abbaiando. Vide posteggiato un furgone, era quello senza clacson e con un solo fanale, immaginò, con cui Mohammed lo Zoppo andava in giro a fare consegne prima di prendere la strada del mare; lì vicino una bicicletta da bambino buttata in terra che gli strinse il cuore.

Una donna si affacciò alla porta per vedere cosa succedeva, e dietro a lei gli occhi di altri tre bambini. La donna li fece rientrare in casa e uscì incontro agli sconosciuti.

Era vestita di nero, nero era anche il foulard che le copriva i capelli, sembrava una contadina siciliana di quelle che Ezechiele ricordava quand'era bambino e che ancora si trovavano in qualche campagna dell'interno.

Tonino si era tolto lo zainetto dalle spalle e lo reggeva col braccio disteso lungo il corpo, tanto che quasi toccava il pavimento del cortile strusciando nella polvere. Il cane nero gli girò tre volte attorno continuando ad abbaiare, poi annusò lo zainetto, si ammutolì, gli si distese accanto. Spaghetti si distese vicino a lui.

La donna si fermò davanti a loro, il vecchio straniero e il bambino e il suo cane che non abbaiava più.

Ezechiele tolse lo zainetto dalle mani di Tonino e lo diede alla donna.

Lei lo guardò senza capire bene cosa fosse, lo prese toccandolo appena con la punta delle dita, lo riconobbe, tremò, se lo strinse al petto.

Guardò Ezechiele fisso fisso negli occhi, lui disse: «È vivo».

Ezechiele ebbe all'improvviso la sensazione strana di non aver mai fatto la traversata, di essere ancora a Scuglizzi, di essere al suo paese. Che differenza c'era? Quel sole che scottava, quelle quattro pale di fico d'India che spuntavano da una crepa del muro, il viso bruciato della donna, l'odore di finocchietto e di terra e di sale, quella solitudine, le partenze dei figli, il mare che si intravedeva sotto la barriera degli scogli e che entrambi guardavano al mattino, uno da una parte, una dall'altra.

La donna cullava lo zainetto come fosse stato il bambino.

Ezechiele pensò alla profondità azzurra del mare, all'Isola Che Non C'è, pensò a tante cose, pensò che in tutto quello non c'era niente di giusto e di buono, pensò: *Perché?* Come altre volte non trovò la risposta, e pensò: *Colpa mia che sono un ignorante*, poi pensò una maledizione che tanto non serviva a niente per tutti quelli che se ne approfittavano, per chi succhiava soldi a quella povera gente, per chi li mandava a morire nel mare ma anche per tutti quelli che non volevano sapere o restavano indifferenti e sputavano cattiverie.

Adesso che era arrivato il momento, Ezechiele non sapeva cosa dire a quella donna, tutto gli sembrava banale. Sentì Tonino che lo tirava per la manica: «La canzone, nonno», gli ricordò.

Sì, la canzone che la mamma aveva chiesto a Omar di cantarle. Chissà se lui l'aveva fatto davvero qualche sera che era solo e lontano, seduto da qualche parte chissà dove a guardare le stelle. Ma Ezechiele non aveva avuto il tempo di pensarci, erano successe tante cose...

Guardò Tonino per chiedere aiuto.

«La ninna nanna», disse lui, «quella che la nonna aveva insegnato a papà che l'ha insegnata alla mamma. Te la ricordi?».

Ezechiele pensava di non ricordarsela, era passato tanto tempo.

Ma poi cominciò a cantare – non se l'aspettava nemmeno lui ma le parole gli sgorgarono dal profondo –, cantò con quella sua voce da vecchio gufo, con quella sua voce incerta e gracchiante, e cominciò una ninna nanna che gli cantava sua madre quand'era bambino e che prima ancora aveva cantato la madre di sua madre e che all'improvviso gli era tornata in mente, e la cantò per la donna che cullava lo zainetto.

Tonino cantò con lui.

Era una ninna nanna semplice semplice che diceva:

Ninna o ninna o
Dormi e fa' la vovò
Ninna o ninna o
Dormi e fa' la vovò
Totoneddu chianci chianci
Voli l'anaca in mezzu a l'aranci
Totoneddu arridi arridi
Voli l'anaca in mezzu l'ulivi.

La donna lo ascoltò con gli occhi chiusi, dondolandosi appena, fino a quando l'eco del canto si spense verso la spiaggia. Poi appoggiò delicatamente lo zainetto a terra, con attenzione, come fosse stato davvero un bambino addormentato, entrò in casa, ne uscì con una sedia impagliata e un vassoio con una bottiglia d'acqua fresca, due bicchieri e due arance.

Ezechiele si sedette a guardare il mare, bevve l'acqua, mise un'arancia nella tasca della camicia, poi chiuse gli occhi per qualche minuto.

Dalla fessura della porta socchiusa gli altri bambini lo guardavano con curiosità, e li sentì ridacchiare.

Qualche momento d'ozio dopo tutto il correre di quei giorni.

Quando Ezechiele si alzò per andarsene, il dolore alle gambe era scomparso.

La mamma di Omar li salutò toccandosi la fronte, la bocca, il cuore, e lui e Tonino fecero altrettanto.

Il cane nero li accompagnò all'ingresso del cortile. Fino al molo dove avevano lasciato l'*Esmeralda* era una bella scarpinata.

Capitolo ventiquattro

Ezechiele vide le luci di Scuglizzi mentre stava di nuovo calando il buio.

Avevano navigato tutta la notte precedente e tutto il giorno, era stato un viaggio lento, tranquillo; lui ora aveva bisogno di riposo e anche l'*Esmeralda*, dopo tutto il correre che avevano fatto. Tonino e Spaghetti avevano in pratica dormito per tutto il ritorno, mentre il vecchio era rimasto in un dormiveglia da cui si destava ogni tanto per controllare la rotta; aveva visto il sole sorgere e poi calare, forse aveva pescato qualcosa per pranzo ma non era sicuro.

Aveva nostalgia della sua cucina, della macchinetta del caffè, della finestra della camera da letto che affacciava sulla spiaggia e dalla quale entrava la sabbia quando tirava vento, aveva voglia delle sue pantofole e del campanile di Scuglizzi che batteva le ore. Voleva parlare con Caterina, che certamente lo aspettava, e raccontarle tutto, anche se lei di sicuro sapeva già.

Si sentiva il cuore gonfio e la testa vuota.

Attraccò, non c'era in giro nessuno, andavano tutti a letto presto in paese e ne fu contento, non aveva voglia di raccontare e di parlare. Non voleva vedere nessuno. Non voleva domande.

Fece un minimo di pulizia sulla barca, raccolse quelle tre cose che si era portato dietro e se le mise in spalla, scese sul molo, legò la cima.

Tonino e Spaghetti lo stavano aspettando. Tonino si tolse la vecchia giacca a vento che gli stava larga con la quale si era riparato dall'umido della notte e gliela restituì.

«Grazie nonno», gli disse abbracciandolo, «è stato molto bello. Torniamo un'altra volta in Africa?».

«Magari sì, tesoro», gli rispose Ezechiele.

Spaghetti si strofinò sui suoi pantaloni.

Li guardò allontanarsi assieme, uno accanto all'altro, li seguì mentre percorrevano il molo fino a quando non furono inghiottiti dal buio.

Scomparvero.

Ezechiele prese da solo la strada di casa, c'era solo il rumore dei suoi passi sulle vecchie pietre del selciato, una lampada che oscillava sospesa nella notte.

Domani il vento rinforzerà, pensò, *maestrale.*

Entrò in casa, appoggiò le sue cose nel primo posto che trovò.

Sei sempre il solito disordinato...

Si sedette al tavolo della cucina, prese l'arancia che gli aveva dato la mamma di Omar, la annusò, la sbucciò con attenzione, la mangiò uno spicchio alla volta.

Poi andò a letto che ancora si sentiva il profumo.

Si addormentò subito.

Caterina arrivò presto – non alla solita ora che non era più notte e non era ancora giorno – e gli strinse delicatamente il braccio.

«Sono contento che sei venuta prima», le disse Ezechiele, «non vedevo l'ora di dirtelo. Ce l'ho fatta, sai? L'ho trovata. La mamma di Omar».

«Lo so», gli rispose lei.

«Dicevano tutti che non ce l'avrei fatta. E invece sì. Ma non è stato facile, sai? Quel posto è così grande, da perderci la testa. L'Africa, pensa un po'! È che noi non siamo abituati al mondo, avremmo dovuto viaggiare quando eravamo giovani, Caterina, andare in giro, ma come facevamo? A un certo punto mi ero scoraggiato. Pensa che mi volevano arrestare! Ma ho tenuto duro. Certe volte essere un caprone ostinato, come dici tu, serve. L'ho trovata e le ho dato lo zainetto. Era contenta, la dovevi vedere, Caterina. Certo, ha pianto, ma erano lacrime di gioia. Come se lo coccolava, come lo toccava appena appena. Povera donna. Scommetto che è ancora là che guarda il mare e se lo stringe al petto. Ho fatto bene ad andare, non credi anche tu?»

«Certo che hai fatto bene.»

«Ma adesso sono stanco, Caterina. Uuuuhhhh, non sai quanto sono stanco, e mi fanno male le ossa.»

«È che sei vecchio, Ezechiele, tu non ti vuoi rassegnare, pensi di essere ancora un giovanotto che va in giro con la moto. E invece ti devi riguardare. Adesso ti lascio dormire e domattina non ti sveglio, così riposi. Dove devi andare ancora? Ma prima devo dirti una cosa. Apposta sono venuta. Volevo dirti che sono orgogliosa di te, marito mio.»

«Ah, sì? Quando mi vedesti la prima volta alla fiera non mi degnasti di uno sguardo.»

«Ti degnai. Ma non volevo fartelo capire, se no te ne approfittavi. Adesso sono contenta. Che uomo ho sposato, questo volevo dirti.»

«Non ho fatto niente.»

«Hai fatto. Gli altri, quelli che non sentono mai niente e non fanno mai niente, non sono uomini come te. Bestie sono.»

Caterina lo accarezzò. Ezechiele sentì perfettamente il calore della sua mano.

«E adesso dormi, vecchio caprone.»

Ezechiele sprofondò nel sonno.

Appena fu sicuro che Caterina se n'era andata, sognò che era sulla sua vecchia Guzzi rossa e filava veloce lungo una spiaggia lunghissima, che sembrava infinita, sfiorando le onde che arrivavano a riva e lo schizzavano con la schiuma, sentendo il vento della corsa che gli spazzolava i baffi.

Seduto a cavalcioni davanti a lui, Tonino, con gli occhialoni da motociclista, si aggrappava al manubrio mentre sul sellino di dietro Spaghetti se la godeva col naso all'aria, e tutti e tre ridevano, ridevano.

«Pensate se ci vedesse la nonna», disse Ezechiele, «in tre sulla moto…».

Ezechiele diede gas.

Finito di stampare nel novembre 2021
presso Elcograf S.p.A. - Stabilimento di Cles (TN)

FSC
www.fsc.org

MISTO
Carta da fonti gestite
in maniera responsabile
FSC® C115118